btb
Aus Freude am Lesen

btb

Buch

Liebe deinen Nächsten wie dich selbst, predigt ein Psychiater seinen kriminellen Patienten. Was aber, wenn die sich selbst nicht ausstehen können?

Da erleben wir einen Mann, der seine Frau mit seiner Frau betrügt und sich dabei so sehr in seine Frau verliebt, dass er sich das Leben nimmt. Außerdem geht es um Beichtväter und Leihmütter, um Verführung, Flugangst und um eine Zeitreise zurück bis in die Windeln.

Alles beginnt stets ganz harmlos, aber dann kommt die überraschende Wendung, die den Leser eiskalt (oder schmunzelnd) erwischt. Wie immer strotzen E. W. Heines Kille Kille Geschichten von nachtschwarzen Bosheiten. Ihr subtiler Horror überwältigt mit sanfter Leichtigkeit.

»E. W. Heine ist ein Autor des Schreckens. Er schleicht sich auf Samtpfötchen mit knappen, luziden Texten ins Gemüt seiner Leser und richtet dort erhebliche Verstörungen an. E. W. Heine gehört in die Schublade Ambros Bierce, Roald Dahl, Mark Twain und Co und keine Etage tiefer.« Stuttgarter Zeitung

Autor

E.W. Heine, in Berlin geboren, arbeitete als Architekt lange in Südafrika und mehrere Jahre in arabischen Ländern. Als Buchautor ist er ein Meister der kleinen Form satirisch-makabrer Miniaturen (Kille Kille Geschichten) wie der großen Form des opulenten historischen Romans. Heute lebt er als freier Autor in Bayern. Zuletzt erschien von ihm der historische Roman »Die Raben von Caracassone« bei C. Bertelsmann.

E. W. Heine bei btb

Kille Kille. Makabre Geschichten (72902)
An Bord der Titanic. Kille Kille Geschichten (73127)
Das Glasauge. Neue Kille Kille Geschichten (72805)
Kinkerlitzchen. Neue Kille Kille Geschichten (73087)
Der neue Nomade. Ketzerische Prognosen (72901)
Brüsseler Spitzen. Roman (72491)
Das Halsband der Taube. Roman (72000)
Der Flug des Feuervogels. Roman (73042)
Nur wer träumt, ist frei (72112)
Toppler. Ein Mordfall im Mittelalter (72855)

E. W. Heine

Ruhe sanft

Neue Kille Kille
Geschichten

btb

Vignetten von E.W. Heine

Umwelthinweis:
Alle bedruckten Materialien dieses Taschenbuches
sind chlorfrei und umweltschonend.

Der btb-Verlag ist ein Unternehmen
der Verlagsgruppe Random House.

1. Auflage
Originalausgabe Dezember 2004

Umschlaggestaltung: Design Team München
Umschlagzeichnung: E.W. Heine
Satz: Uhl + Massopust, Aalen
CV · Herstellung: Augustin Wiesbeck
Made in Germany
ISBN 3-442-73268-9
www.btb-verlag.de

Inhalt

Warum sind die Geschichten so kurz?, fragt man mich immer wieder. Nun, ich bemühe mich, die Stellen wegzulassen, die der Leser im Allgemeinen überspringt.

Bei jeder Veranstaltung, an der ich teilnehme, in jedem Konzert und vor jedem Buch frage ich mich: Wann würdest du abschalten, wenn das Dargebotene im Fernsehen stattfände?

Häufig nach wenigen Minuten.

Ich bin ein Bewunderer Heinrichs des VIII., der zu jeder seiner Ehefrauen gesagt haben soll: Genießen Sie die Zeit mit mir. Ich verspreche Ihnen, ich werde Sie nicht lange in Anspruch nehmen.

E. W. Heine

Liebe deinen Nächsten wie dich selbst

Er war von Beruf Psychiater, nicht irgendeiner, sondern eine international anerkannte Koryphäe. Seine Gutachten waren gut und wurden geachtet. Sie waren vor Gericht von wahrhaft göttlicher Allmacht, denn von ihnen hing es ab, ob einer ein Verbrecher oder bloß ein armer Irrer war. Als ihn ein Kollege scherzend darauf hinwies, dass er mit seinem Bart und dem strengen Adlerblick so aussah wie der liebe Gott auf dem Deckengemälde der Sixtinischen Kapelle, sagte er: »Wie schön für Gott, wenn er mir ähnlich sieht.«

Seine Lieblingsvokabel lautete »zurechnungsfähig«. Sie vermittelte den Eindruck, seelisches Verhalten sei berechenbar wie die höhere Mathematik, wodurch sich die Psychologie im Gegensatz zur Theologie als Wissenschaft auswies. Nicht dass er etwas gegen Theologen gehabt hätte. Er selbst hatte etliche Semester Theologie studiert und war der Meinung, ein Psychiater von Format sei auch immer zugleich Priester. »Liebe deinen Nächsten wie dich selbst!«, verkündete er bei jeder Gelegenheit.

Im Augenblick war er aber wieder einmal mehr Richter als Priester, denn er schrieb an einem Gutachten, in dem er die Entlassung eines Strafgefangenen forderte, der mit seiner Unterstützung erfolgreich therapiert worden war. Erst heute Morgen hatte er ein letztes Gespräch mit dem Mann geführt. Er sah ihn vor sich: ein infantiler Neurotiker mit ausgeprägtem Ödipuskomplex und niedriger Hemmschwelle bei hypertrophiert aggressivem Verhalten. Die Folge war Mord, mehrfacher Mord. Lustmord hatte der Richter gesagt. Welch laienhafte Formulierung. Typisch für einen Juristen, der keine Ahnung hatte, was sich im Unterbewusstsein solch eines pränatal gestörten Individuums abspielte.

Eine Psyche wie ein Dschungel. Und er hatte es sich zur Aufgabe gemacht, diese mörderische Wildnis in einen Garten zu verwandeln, keinen Garten Eden, aber einen, in dem alles seinen wohl geordneten Platz hatte. Dort, wo früher auf morastigem Grund fleischfressende Venusfallen und Schlingpflanzen gewuchert hatten, grünten jetzt Hecken, sorgfältig beschnitten, ordentlich zurechtgestutzt. Erreicht hatte er das wieder einmal mit seiner Psi-Therapie, einer Behandlung, die tief in der Heiligen Schrift verwurzelt war. Die Bibel – welch ein Leitstern für verirrte Seelen! Nicht nur Seeleute brauchen Leuchtfeuer in der Finsternis. Wer täglich im Buch der Bücher liest, wird von ihm geformt wie Ton unter der Hand des Töpfers.

Nichts formt einen Menschen so sehr wie die Dinge, mit denen er sich geistig auseinander setzt. Sage mir, was du liest, und ich sage dir, wer du bist. Vor allem aber: Liebe deinen Nächsten wie dich selbst!

Der Professor dachte an das Gespräch von heute Morgen. Er hatte den Gefangenen begutachtet wie eine Laborratte. Nein, keine Ratte. Der hatte mehr Ähnlichkeit mit einem Schwein, aber nicht in abwertendem Sinn. Er sah aus wie ein Glücksschwein aus Marzipan oder wie ein Schweinchen, das über der Tür von Metzgereien hängt. Ein Lächeln lag auf seinem runden Gesicht. Ein liebenswerter großer Junge, der sich vom Saulus zum Paulus gewandelt hatte, von der Schädlingsraupe zum Schmetterling.

Auf Anraten seines Psychiaters hatten sie ihn während der Haft umgeschult. Es ist nicht gut, dass ein Mörder den Beruf eines Metzgers ausübt. Über seiner Pritsche hing der frisch erworbene Meisterbrief für das Friseurhandwerk.

»Ich freue mich darauf, in meinem neuen Beruf zu arbeiten«, hatte er gesagt. »Es macht Spaß, Köpfe zu gestalten. Die richtige Frisur verwandelt die unscheinbarste Frau in eine Dame. Sie, Herr Professor, ohne Bart oder ich mit einer Glatze: unmöglich. Die Persönlichkeit eines Menschen, das, was wir wirklich sind, offenbart sich nicht in unseren Leibern, sondern in unseren Gesichtern. Keiner kennt die Körper von Einstein oder Adolf Hitler, aber jeder kennt ihre Köpfe. Es gibt nichts Interessanteres als Köpfe.« Der Professor gab ihm Recht.

Freude an der Arbeit und ein fester Glaube sind die besten Voraussetzungen für ein glückliches Leben, wusste schon Aristoteles. Der Junge würde seinen Weg gehen.

»Ich werde mir ein Mädchen suchen«, hatte er gesagt. »Ein Mädchen mit blondem Haar und einem langen Hals. Vor allem aber freue ich mich auf meinen neuen Beruf.«

»Wir werden dir bei der Suche nach einem Arbeitsplatz behilflich sein«, hatte der Professor ihm versprochen.

»Das ist lieb von Ihnen.«

»Was wirst du in deiner Freizeit machen?«

»Sonntags werde ich in die Kirche gehen. Den Nachmittag aber will ich im Zoo verbringen. Die Tiere sind meine Freunde, vor allem die Bären.« Dabei hatte er auf seine Sammlung von Teddybären geblickt, die sich auf der Gefängnispritsche zum Plüschberg stapelten.

Wie kann von einem, der mit einem Teddybären im Arm einschläft, Gefahr ausgehen, dachte »der liebe Gott«, als er das Gesuch unterschrieb.

Der Gefangene saß zu der Zeit auf seiner Pritsche, die Bibel im Schoß. Ein Lächeln lag auf seinen Lippen. Er träumte von kommendem Glück. Er sah das Mädchen vor sich: blond und mit langem Hals. Ich werde sie ausziehen, dachte er, ganz nackt ausziehen, werde meine Hände um ihren Hals legen und zudrücken, ganz langsam zudrücken. Ich werde ihr den Kopf abschneiden, so wie Judith es mit Holofernes gemacht hat. Auf eine silberne Platte will ich ihn legen. Das Haupt Johannes des Täufers hat auch auf einer silbernen Platte gelegen, als sie es der Salome gebracht haben. Ich werde ihr die Haare ausreißen, so wie es Delila mit Samson gemacht hat. Und die Ohren werde ich ihr abschneiden, so wie Petrus, der einem römischen Kriegsknecht das Ohr abgehackt hat. Ich werde sie dem Herrn zum Opfer darbringen, wie Abraham, der bereit war, seinen eigenen Sohn zu schlachten. Mein Gott, was für ein Leitfaden für Lebensglück war dieses Buch der Bücher, vom Kindermord in Bethlehem bis zum Würgeengel des Herrn, der umging und alle Erstgeborenen umbrachte.

Ich werde ihren Kopf in Butterbrotpapier einwickeln und in den Zoo tragen. Wie lange war es her, dass er nicht mehr den Zoo besucht hatte. Obwohl das Füttern der Tiere verboten war, würde er ihren

Kopf heimlich zwischen die Gitterstäbe des Bärenkäfigs stecken. Er liebte Bären.

Er schlug die Bibel auf und las laut: »Man blies die Posaunen. Da fielen die Mauern. Also gewannen sie Jericho und verbrannten alles, was in der Stadt war, zerhackten mit der Schärfe des Schwertes Mann und Weib, Kind und Greis, Ochsen und Esel.«

Wie hatte der Professor zu ihm gesagt: »Wer täglich in der Bibel liest, wird von ihr geformt wie Ton unter der Hand des Töpfers.«

Er würde täglich in ihr lesen.

Liebe deinen Nächsten wie dich selbst!

Ja, das werde ich tun, dachte er, wie mich selbst. Das wird mir leicht fallen, denn ich liebe mich ganz und gar nicht, im Gegenteil. Ich will so sein wie Gott, der sogar seinen einzigen Sohn ans Kreuz schlagen ließ. Ja, Herr, dein Wille geschehe, wie im Himmel, also auch auf Erden.

Winke, winke

Das ist die Geschichte eines Mannes, der seine Frau mit seiner Frau betrog und sich dabei so sehr in seine Frau verliebte, dass er sich das Leben nahm.

Die beiden jungen Frauen saßen vor dem Café unter einem Sonnenschirm und tranken Campari Soda. Sie hatten sich auf einer Vernissage kennen gelernt. Es war Freundschaft auf den ersten Blick gewesen. Seitdem trafen sie sich zum gemeinsamen Stadtbummel.

Lilo hatte ihre braun gebrannten Beine übereinander geschlagen und die Sonnenbrille auf die Stirn geschoben. Sie saugte am Strohhalm und sagte: »Du siehst wieder phantastisch aus. Sag mal, wie schaffst du das? Du hast mir erzählt, dein Mann arbeitet bei der Bahn, und du ...« Sie blickte auf das Modellkleid von Gucci und auf die Bally-Schuhe. »Ich nehme an, der Goldschmuck ist echt?«

»Aber natürlich.« Petra zündete sich eine Zigarette an und meinte, nachdem sie einen langen Zug genommen hatte: »Ich trage teure Klamotten, leiste mir den besten Friseur der Stadt, gehe regelmäßig zur Massage, gucke nicht aufs Geld, wenn ich mir Kosmetika kaufe. Ich habe einen hübschen Busen, und wenn ich ihn nicht hätte, würde ich ihn mir machen lassen. Du fragst dich, wie ich das finanziere?«

»Ja.«

»Willst du das wirklich wissen?«

»Ja, schon.« Es kam zögernd. »Ich will nicht indiskret sein, aber ...«

»Du musst dich nicht entschuldigen. Ich verdiene halt gut.«

»Du arbeitest?«

»Arbeiten? Nein, nicht wirklich. Ich helfe gelegentlich aus, stundenweise am Abend, wenn ich gebraucht werde.«

»Und da verdient man so gut?«

»Es ist ein Traumjob. Mit keinem anderen kann eine Frau so schnell so viel Geld verdienen.«

»Und was machst du da?«

»Liebe.«

»Liebe?« Lilo wusste vor Schreck nicht, was sie sagen sollte. Es war ein wollüstiger Schreck, so wie er junge Mädchen erfasst, wenn sie zum ersten Mal Adams erregtes Fleisch erblicken. Sie betrachtete die Freundin: »Du hast einen Geliebten?«

»Nein, nicht einen.«

»Mehrere?«

»Du wirst es nicht glauben«, sagte Petra, »aber eine gute Beziehung mit mehreren ist leichter als mit einem.«

»Du bist verrückt«, entfuhr es Lilo.

»Verrückt? Ich? Nein, im Gegenteil. Sex macht die Männer verrückt; Frauen werden dabei normal.«

»Wie kann man mit einem Mann ins Bett gehen, den man nicht liebt?«

»Ich habe die Männer, mit denen ich guten Sex hatte, nur selten geliebt, wohingegen mich die, die ich geliebt habe, im Bett fast immer enttäuscht haben.«

Sie zog an ihrer Zigarette und blies einen Rauchkringel in die Luft. »Was kann man machen«, sagte sie, »wenn er nur zweimal die Woche will, und du brauchst es täglich? Auf Grünschnäbel stehe ich nicht. Ein Mann, ein richtiger Mann, sollte mindestens so alt sein wie ich. Nichts törnt mich im Bett mehr ab als Muttergefühle für meinen Partner. Glaube mir, es gibt keinen größeren Lustgewinn, als mit mehreren erfahrenen Männern an einem Abend den Gipfel der Lust zu erklimmen. Ein Mann, der bereit ist, für dich einen fürstlichen Betrag zu bezahlen, der bringt auch die nötige Potenz mit, sonst würde er wohl kaum so viel Geld dafür ausgeben. Der samstägliche Höflichkeitskoitus des Gatten wirkt dagegen wie ein Lufthauch neben einem Gewittersturm. Weißt du, dass ich schon mit dem Joggen angefangen hatte, um mich hin und wieder mal keuchen zu hören?«

Nun mussten sie beide lachen.

»Machst du das schon lange?«

»Nein. Mit der weiblichen Sexualität ist es wie mit den Masern. Je später sie uns befällt, umso schlimmer erwischt es uns.«

Ein paar Tage nach diesem vertraulichen Frauengespräch unter vier Busen fragte Lilo die Freundin nach dem gemeinsamen Einkaufsbummel: »Glaubst du, dass auch ich …? Ich meine, würdest du mich eventuell mal mitnehmen, falls das geht?«

»Natürlich geht das.«

»Aber ich habe gar keine Erfahrung.«

»Du bist doch verheiratet und teilst dein Bett mit einem Mann.«

»Ja – o Gott – mein Mann! Wie machst du das mit deinem? Weiß er …«

»Bist du verrückt! Als Zugbegleiter ist er ständig unterwegs. Wenn er daheim ist, sind wir ein glückliches Paar. Ich nehme ihm ja nichts weg. Im Gegenteil, er profitiert von dem, was ich dazulerne. Mein Glück ist sein Glück.«

Sie fuhr sich mit der Zunge über die geschminkten

Lippen und erklärte: »Es ist schön, wenn man den Mann fürs Leben gefunden hat. Noch schöner ist es allerdings, wenn man ein paar mehr kennt.«

»Ich weiß nicht, ob ich das schaffe«, meinte Lilo. »Aber es würde mich schon reizen.«

»Es gibt keinen besseren Verbündeten bei der Eroberung der Frauen als die Neugier. Der Satz stammt von Casanova«, wusste Petra.

»Überleg es dir.«

»Ich weiß nicht. Ich weiß wirklich nicht.«

Die Neugier war stärker.

Umrankt von Efeu und wildem Wein lag die Villa hinter hohen Hecken. Nur das prächtige Tor aus Schmiedeeisen kündete von besseren Zeiten. Wo früher Astern und Teerosen in gepflegten Rabatten wuchsen, wucherten jetzt Brennnesseln und Brombeeren. Die Fensterläden hingen morsch und schief in rostigen Angeln. Umso überraschter war Lilo, als sie die Eingangshalle betrat. Sie blickte auf Wandteppiche und goldgerahmte Gemälde. Ein Wasserstrahl fiel in ein Becken mit einem tanzenden Faun als Brunnenfigur.

Petra machte Lilo mit der älteren Dame, die sie eingelassen hatte, bekannt: eine hellhäutige Matrone mit hochgestecktem Haar. Madame Bouché sprach mit französischem Akzent. Sie roch nach Jasmin und Zigarettenrauch. Über eine geschwungene Marmortreppe stiegen sie in die obere Etage, wo sich die Separees befanden, allesamt auffallend elegant eingerichtet. Gedämpftes Licht fiel auf dicke Teppiche, auf Edelholzmöbel und hohe Wandspiegel. Durchsichtiger seidiger Stoff überspannte das breite Himmelbett wie eine Wolke. Wachskerzen in silbernen Leuchtern warteten darauf, entzündet zu werden.

»Hast du keine Angst, dass dich einer besucht, der dich kennt?«, fragte Lilo die Freundin.

»Nein. Wir tragen alle eine Maske, die Augen, Nase und Stirn bedeckt. Nur der Mund bleibt frei. Dazu tragen wir schwarze Seidenstrümpfe, weiter nichts; sieht raffiniert aus. Um sicherzustellen, dass wir auch wirklich unerkannt bleiben, haben wir eine besondere Sprachtechnik entwickelt. Wir reden nicht mit gewöhnlicher Stimmstärke. Wir flüstern. Das erzeugt höchste erotische Intimität. Du wirst sehen, das ist alles sehr aufregend.«

»Wie viele Frauen seid ihr?«

»Mal vier, mal acht. Einige kommen nur gelegentlich, andere öfter. Bisweilen wird eine neugierige Freundin mitgebracht. Sie sind alle Amateure, so wie du und ich.«

»Und die Männer?«

»Sie sind Geschäftsleute, Börsianer, Politiker, Künstler. Manche sind so bekannt, dass auch sie ihr Gesicht hinter einer Maske verbergen.«

»Und was ist, wenn der Mann mir nicht gefällt?«, wollte Lilo wissen.

»Unsere Gäste melden sich telefonisch an. Madame Bouché nimmt sie alle sehr genau in Augenschein. Wer ihr nicht behagt, wird gnadenlos abgewiesen. Du kannst dich auf sie verlassen.«

Lilos erster Liebhaber war ein Flugkapitän der New Zealand Airlines. »Ich bin so viel unterwegs«, erklärte er, »dass ich keine Gelegenheit finde, solch ein schönes Mädchen wie dich kennen zu lernen.«

Er war sehr rücksichtsvoll und sah auch ohne Uniform so gut aus, dass sie nichts dagegen gehabt hätte, wenn er sie geküsst hätte, was er sich nicht traute, weil es wohl nicht üblich war.

Lilo kam nun öfter am Mittwoch. Das war der Abend, an dem sich ihr Mann mit seinen Freunden zum Squashspielen traf. Da er dann immer erst nach Mitternacht nach Hause zurückkehrte und erschöpft ins Bett fiel, war sie an diesem Abend so frei wie ein Single.

Inzwischen hatte sie unter mehreren Börsenmaklern gelegen, war auf einem Exportkaufmann und einem Innenarchitekten geritten, hatte einem höheren Beamten ihren hübschen Hintern entgegengestreckt und im Wandspiegel mit angesehen, wie ein Internist sich mit ihrem Busen befasste, nachdem er ihren G-Punkt gesucht und gefunden hatte. Es waren lustvolle Spiele ohne all die emotionalen Belastungen, Lügen und Enttäuschungen, welche die Liebe für gewöhnlich mit sich bringt. Noch nie war ihr so viel Aufmerksamkeit entgegengebracht worden. Sie fühlte sich begehrenswert und wichtig, genoss es, wenn einflussreiche Bosse an ihren nackten Brüsten dahinschmolzen wie Wachs in der Sonne. Hinzu kam der ungewohnt hohe Geldsegen. Das Leben war eine Lust. Oder richtiger, wäre eine Lust gewesen, wenn es da nicht das schlechte Gewissen gegeben hätte, das sie empfand, wenn sie sich zu Roland, ihrem Mann, ins Bett legte. Der schlief dann immer tief und vertrauensvoll an ihrer Seite. Nicht ein einziges Mal hatte er sie gefragt, wo sie so lange gewesen war. Sie strich ihm übers Haar und kam sich wie eine Sünderin vor.

Dieses Schuldgefühl erlosch am letzten Mittwoch im August. An diesem Abend hatte sich ein Herr von Bülow angemeldet.

Madame hatte ihn unter die Lupe genommen und für gut befunden. Als er das Separee betrat, erschrak Lilo so sehr, dass sie sich gegen den Bettpfosten lehnen musste. Die Beine versagten ihr den Dienst. Vor ihr stand Roland.

»Ist dir nicht gut?«, fragte er.

»Nein, es geht schon. Nur ein kleiner Schwächeanfall«, flüsterte sie.

»Ich liebe Frauen, die eine Schwäche für mich haben.«

Er streifte ihr den rosaroten Morgenmantel von der Schulter und betrachtete sie so, wie man einen saftigen Pfirsich begutachtet, bevor man ihn sich schmecken lässt: »Mädchen, du gefällst mir.«

In der nächsten halben Stunde machte Lilo die Erfahrung, dass der Beischlaf mit Fremden aufregender zu sein vermag als mit dem eigenen Gatten. Während es bei ihm genau umgekehrt zu sein schien. Er genoss ihren Leib so lustvoll wie in den Tagen, als ihre Liebe noch jung und aufregend war. Er wollte sie unbedingt wieder besuchen, sobald wie möglich.

Als sie in jener Nacht heimkehrte, lag er wie immer erschöpft und schlafend im Bett. Und sie hatte geglaubt, er sei vom Squashspielen so erledigt. Wie lange das wohl schon so ging? Und was das kostete!

Wut ergriff sie. Wie konnte dieser Mann sie so schamlos belügen. Aber dann wurde ihr bewusst, dass auch sie ihn schamlos hinterging. Eine feine Familie sind wir, dachte sie. Er vervögelt unser Geld mit fremden Frauen, und ich hole es mir auf die gleiche Art zurück, jetzt sogar schon von meinem eigenen Mann.

Er kam nun jeden Mittwoch und schien einen Narren an ihr gefressen zu haben, brachte ihr Blumen und Champagner. Daheim benahm er sich höflich wie immer, half ihr beim Abwasch und trug den schweren Wäschekorb auf den Dachboden. Zum Wochenende nach den Zehnuhrnachrichten liebte er sie, wie er es immer getan hatte. Aber diese Samstagabendumarmungen waren im Vergleich zu den

Kraftakten, die er mittwochs vollführte, so lahm, dass sie sich fragte: Ist das derselbe Mann?

Aber die gleiche Frage stellte sie sich auch selbst, wenn sie sich mit ihrem neuseeländischen Flugkapitän vor dem großen Spiegel liebte: Bin ich das, die sich da so lustvoll in den Armen dieses Fremden windet?

Zu Petra sagte sie: »Was ist nur in Roland gefahren? Warum will er mich für viel Geld, wo er mich doch jeden Tag umsonst kriegen kann? Er hat mir erzählt, seine Freunde hätten ihm den Besuch in unserem Haus zum Geburtstag geschenkt. Und nun taucht er immer wieder hier auf, nur um mich zu treffen. Warum ausgerechnet mich, seine eigene Frau? Mein Gott, wie soll das enden? Ich darf nicht mehr herkommen.«

»Ich glaube, es ist wie in der Musik«, meinte Petra. »Man liebt vor allem, was man schon kennt. Du bist ihm bei allem Reiz des Neuen unbewusst vertraut. Er kennt deinen Körper und weiß es nur nicht.«

»Ich werde nicht mehr herkommen. Der heutige Abend ist mein letzter«, sagte sie zu ihm, als er sie besuchte. Er hatte ihr eine Perlenkette mit goldenem Verschluss mitgebracht.

»Nein, die kann ich nicht annehmen.«

»Ich wollte mir dafür eine Videokamera kaufen«, erklärte er. »Aber ich brauche sie nicht wirklich.«

»Du übertreibst.«

Er küsste ihre Brüste und sagte: »Es gibt nichts, das ich nicht für dich tun würde.«

Es war ein warmer Sommerabend. Die Balkontüren standen weit offen. Er leerte sein Sektglas und rief: »Ich werde es dir beweisen.«

Nackt, wie er war, rannte er auf den Balkon und stieg auf das eiserne Balkongeländer. Dort stand er mit ausgebreiteten Armen, hin und her balancierend wie ein Seiltänzer.

»Lass das! Bitte lass das!«, rief sie, lauter, als es erlaubt war.

»Ich liebe dich«, sagte er. »Nimm die Maske ab, oder ich stürze mich in den Tod.« Dabei bog er seinen nackten Leib vor und zurück, ruderte mit den Armen und rief: »Winke, winke!« Es sah so erschreckend aus, dass sie sich, ohne zu überlegen, die Maske vom Gesicht zog. Einen Herzschlag zu spät erkannte sie ihren Fehler, wollte ihr Gesicht wieder verhüllen. Die Maske entglitt ihren Händen, fiel zu Boden.

Er blickte sie an, als sähe er ein Gespenst, öffnete den Mund zum Schrei und stürzte rücklings vom Geländer in den Tod.

»Seine letzten Worte waren: ›Ich liebe dich‹«, sagte Lilo.

»Die galten aber nicht dir«, widersprach Petra.

»Wem denn sonst?«

»Der Frau mit der Maske, mit der er dich betrogen hat.«

»Aber die Frau war doch ich. Wie kann er mich mit mir betrogen haben? Nein, er hat mich geliebt, mich. Was macht es schon für einen Unterschied, ob mit oder ohne verhülltem Gesicht.«

Die Dame entscheidet das Spiel

Bei aller Geschwindigkeit des Fliegens sind die Menschen auf den Flughäfen die geduldigsten Reisenden in unserer hektischen Zeit. Sie hocken dort nebeneinander wie die Zugvögel vor dem Abflug im Oktober.

Während sie ausharren, ertönen unablässig Lautsprecher. Städte- und Familiennamen werden aufgerufen, Flugnummern, Verspätungen – vor allem Verspätungen. Ihre Koffer sind auf Rollbändern längst davongeglitten, aber die Menschen müssen warten. Denn während die Flugzeiten immer kürzer werden, dauert die Abfertigung im Airport immer länger. Die Kontrollen werden immer zeitraubender. Erst vorige Woche war der Flughafen wegen einer Bombendrohung gesperrt worden.

»Der Mensch ist des Menschen schlimmster Feind«, sagt die alte Dame im Pelzmantel zu dem kurz geschorenen Studenten, während sie in der Menschentraube vor der Passabfertigung ausharren. »Es ist lange her, dass ich in solch einer Schlange gestanden habe, nach Bananen in Ostberlin. Wenn das so weitergeht, dauern die Kontrollen länger als der ganze Flug.«

»Safety first«, meint der Student. »Lieber abwarten als abstürzen.«

»Glauben Sie, dass die Flüge jetzt sicherer sind als vor dem 11. September?«, fragt sie.

»Aber ja, gewiss doch. Früher reichte ein Pass mit Foto. Jetzt, mit Fingerabdruck und Irisvergleich, ist die Kontrolle perfekt. Die neuen Detektoren haben Röntgenaugen. Ihnen entgeht nichts, nicht einmal ein Gegenstand, den einer in seinem Schuhabsatz versteckt hält. Supermoderne Sensoren erkennen besser als Suchhunde alle gängigen Drogen und sogar plastischen Sprengstoff, der wegen seiner Weichheit mit den herkömmlichen Durchleuchtungsgeräten kaum auszumachen war.«

»Ich kann mir nicht helfen«, sagt die alte Dame, »ich habe trotz der verbesserten Kontrollen immer wieder Angst, wenn ich ein Flugzeug besteige, nicht so sehr vor dem Fliegen als vielmehr vor Entführern, vor Fanatikern, die mit dem Leben abgeschlossen haben.«

»Seitdem bewaffnete Luftsheriffs die Flüge begleiten und der Zugang zum Cockpit mit einbruchsicheren Türen gesichert ist, brauchen Sie die Angst nicht mehr zu haben.«

»Mir ist aber trotzdem nicht wohl dabei«, sagt die alte Dame und wendet sich an eine junge Frau, die einen Schritt vor ihr in der Reihe steht. »Können Sie das verstehen?«

Die Angesprochene trägt Ohrringe aus Gold und einen sandfarbenen Hosenanzug. Am Arabischen Golf trifft man Frauen ihrer Rasse. »Ich habe keine Angst«, erklärt sie. »Man stirbt nicht, wenn man das Leben verliert; man stirbt, wenn man nicht mehr geliebt wird.« Sie spricht mit französischem Akzent.

»Deshalb muss man doch nicht gleich sterben«, meint die alte Dame. Der Student gibt ihr lächelnd Recht: »Nein, das muss man nicht.«

»Es gibt nicht nur das Sterbenmüssen. Es gibt auch ein Sterbenwollen«, sagt die junge Frau mit dem französischen Akzent. Ein Satz, der seine Zuhörer vorübergehend verstummen lässt. Nach einer Weile nimmt der Student den Gesprächsfaden wieder auf: »Wenn das hier so weitergeht, bringt uns die Langeweile noch um. Wenn ich wenigstens meinen Schachcomputer benutzen könnte.«

Die alte Dame schaut ihn ungläubig an und fragt: »Ist es nicht schrecklich langweilig, gegen sich selbst zu spielen?«

»Nein, ganz und gar nicht. Auf diese Art und Weise verliere ich nie. Ich bin immer der, der siegt. Spielen Sie Schach?«

»Nein«, antwortet die alte Dame. »Ich mag keine Kriegsspiele.«

»Schach ist doch kein Kriegsspiel.«

»Zwei Könige kämpfen mit ihren Offizieren, Schlachtrössern, Bauern und Türmen gegeneinander. Einer nach dem anderen wird angegriffen, geschlagen und geopfert. Wenn das kein Krieg ist, was ist es dann? Erst wenn der oberste Anführer fällt, ist das Gemetzel vorbei, wie in Afghanistan und im Irak. Saddam ist bereits schachmatt. Osama bin Laden ist noch am Zug.«

»Ist das nicht ein ziemlich weit hergeholter Vergleich«, gibt der Student zu bedenken.

»Nein, keinesfalls«, widerspricht die alte Dame. »Er drängt sich förmlich auf. Saddam hat das Spiel eröffnet, indem er seinem Gegner gleich zwei Türme genommen hat.«

Der Student betrachtet sie kopfschüttelnd: »So viel Sarkasmus hätte ich Ihnen gar nicht zugetraut.«

»Stammt nicht von mir.« Sie putzt ihre Brille und wendet sich an die junge Frau: »Was halten Sie vom Schach?«

»Ein königliches Spiel. Es wurde in meiner Heimat erfunden.«

»Ein kriegerisches Spiel, nicht wahr? Eine Schlacht zwischen zwei Königen.«

Die junge Orientalin widerspricht: »Die mächtigste Figur auf dem Schachbrett ist nicht der König, sondern die Dame. Sie kann, was keinem anderen erlaubt ist. Sie darf sich in alle Richtungen frei bewegen, in einem Zug über das ganze Spiel, während der König wie ein Bauer immer nur um ein Feld weiterrücken kann. Das Schachspiel verrät uns, welch bedeutende Rolle die Frau im alten Persien gespielt hat.«

Und so, als spräche sie zu sich selbst, fügt sie hinzu: »Man wird erst wieder wissen, wie wir Frauen sind, wenn uns nicht mehr vorgeschrieben wird, wie wir sein sollen.«

Die alte Dame nickt. Ihr gefällt der Satz.

Der Student, der auf der Reise zu einem internationalen Schachturnier unterwegs ist, erzählt die folgende Geschichte:

»Als dem persischen Großkönig Darius ein Sohn geboren wurde, soll der so erfreut gewesen sein, dass er seine Gattin aufforderte, sich etwas zu wünschen: Was es auch sei, es sei dir gewährt. Sie zeigte auf das Schachbrett, das vor ihr auf dem Tisch stand und sagte: ›Ich wünsche mir ein Reiskorn auf das erste Feld, zwei Körner auf das zweite, vier auf das dritte, immer doppelt so viele wie auf dem vorangegangenen liegen.‹

Dazu muss man wissen, dass das Reiskorn ein Symbol des Glücks war. ›Das ist ein recht bescheidener Wunsch‹, soll der König gesagt haben.«

»Ja, das finde ich auch«, sagt die alte Dame.

»Es ist ein ganz und gar unbescheidener Wunsch«, widerspricht der Student. »Der Betrag, der am Ende herauskommt, ist so groß, dass die Reiskörner die gesamte Fläche des Erdballs bedecken.«

»Sie scherzen«, bemerkt die alte Dame.

»Nein, keinesfalls. Rechnen Sie es nach! Man nennt dieses unglaubliche Anwachsen einer Zahl durch Verdoppelung den Dopplereffekt. In der Physik ist es die Kettenreaktion.«

Die alte Dame kramt kopfschüttelnd ein Notizbüchlein aus ihrer Handtasche und beginnt nachzurechnen. Während sie im Kopf Zahlen addiert, betrachtet der Student die junge Frau. Eine sehr weibliche und zugleich wilde Schönheit. Ihre Augen haben einen lasziven und zugleich schmerzlichen Ausdruck. Die Haut ist glatt und kupferfarben. Die Lippen sind ein wenig zu voll.

Die Orientalen wissen schon, warum sie ihre Frauen hinter Schleiern verstecken, denkt er. Diese Gesichter signalisieren mehr Sinnlichkeit als der nackte Körper einer Engländerin oder Deutschen. Wie so eine wohl im Bett ist? Eine Frau wie für die Liebe geschaffen.

Er ahnt nicht, wie dicht Liebe und Hass beieinander liegen, denn diese Frau wird auch ihn töten.

Die junge Irakerin denkt an die Aufgabe, die vor ihr liegt. Zu viele haben sich sinnlos geopfert: der Bruder und Omar, der Onkel. Sie haben sich in die Luft gesprengt. Und was hat es genutzt? Selbst die Zerstörung der beiden Türme hat nichts bewirkt, im Gegenteil: Die Hunde sind jetzt noch dreister und boshafter als zuvor. Aber das wird sich ändern, schon bald. Wie heißt es im Koran: Was Himmel und Erde und Berge nicht wagen: Entscheidungen aus dem Glauben zu tragen, wir bieten es ihnen.

»Der Nächste bitte! Ja, Sie, kommen Sie schon!«

Die Polizistin winkt sie zu sich: »Gehen Sie erst mal durch die Kontrollschleuse, schön langsam!«

Geburtsort Bagdad steht im Pass. Man wird sie gründlicher als alle anderen unter die Lupe nehmen. Aber man wird nichts finden, obwohl sie eine Sprengladung am Leib trägt, gegen die alle Bomben der Al-Qaida ein Kinderspielzeug sind.

»Sie können sich wieder anziehen«, sagt die Polizistin in der Zollstube, während sie den Passierschein abstempelt.

Der Weg ist frei!

Drei Dutzend Frauen werden ihn im Lauf der nächsten Tage gehen. Ihre Ziele: New York, Boston, Washington, Chicago …

Alle Frauen tragen die Viren der tödlichsten und ansteckendsten Seuche in sich, die es je auf Erden gegeben hat.

Die Dame entscheidet über Niederlage und Sieg.

Die Viren fiebern der Explosion entgegen: der Dopplereffekt. Die junge Frau denkt an die Reiskörner auf dem Schachbrett. Sie lächelt, als sie das Flugzeug besteigt.

Geister gibt es nicht

Der November ist der Monat der Gespenster: Nebel und Nässe, frühe Finsternis. »Aber wer ins Dunkel schaut, wird immer etwas finden«, heißt es bei William Yeats. Menschenleer war der Totenacker um diese Zeit.

Doktor Hagen eilte dem Friedhofsausgang entgegen. Ärzte sind immer in Eile, nicht nur die Notärzte, die mit dem Tod um die Wette laufen, sondern auch all die anderen, die mindestens fünf Dutzend Patienten am Tag versorgen müssen, um ihre Exfrauen, Oldtimer und Immobilien finanzieren zu können.

Die Abenddämmerung hatte sich über die Grüfte gesenkt. Herbstlaub bedeckte Grabhügel und Wege. Die welken Blätter raschelten unter seinen Füßen.

Er hasste Friedhöfe. Sie waren der augenfällige Beweis für die Ohnmacht aller ärztlichen Kunst. Alle, die hier lagen, hatten bis zuletzt gehofft, dass die Medizin sie am Leben erhalten würde – vergeblich. Und doch ist es gut, dass es diese Totenacker gibt, dachte er. Wir Doktoren sind die einzigen Täter, die ihre Fehler vergraben dürfen. Hatte nicht schon Sokrates gespottet: »Die meisten Menschen sterben nicht an ihren Krankheiten, sondern an ihren Ärzten.«

Nun ja, der alte Sokrates war ein Zyniker. Aber bin ich das nicht auch? Wie kann es anders sein? Ein Mann, der sich von Berufs wegen mit den Geschlechtsorganen kranker Frauen befasst, vergewaltigt der nicht seine Natur wie ein musikalischer Mensch, der an einem Presslufthammer arbeitet?

»Eine Frau, die sich zu einem anderen Zweck auszieht als zur Liebe, stimmt mich traurig.« Der Satz stammte von Casanova. Wie traurig muss da einem Gynäkologen zumute sein. Frauen waren komplizierte Kreaturen. Die wenigen, die heute noch ein Kind wollten, wollten nicht einmal mehr gebären. Die moderne Patentlösung lautete: Narkose und Kaiserschnitt, wobei der Schnitt so geführt werden musste, dass die Narbe am oberen Rand des Schamhaares verschwand und der Bauch noch gestrafft wurde. Kinderkriegen als kosmetischer Eingriff.

»Ein Baby auf herkömmliche Art zu bekommen, ist so deprimierend wie der Versuch, einen Konzertflügel durch ein Kellerfenster zu bugsieren«, hatte ihm eine junge Emanze mitgeteilt, als sie um einen Termin für den Kaiserschnitt bat. Aber nicht mit mir. Nein, nicht mit mir, dachte der Doktor, als er über den Friedhof eilte. Die Geburt ist ein Teil des Lebens wie der Tod. Und zu beiden Polen des Lebens hat der heutige Mensch kein Verhältnis mehr. Wie krank muss eine Gesellschaft sein, die davor zurückschreckt, einen Massenmörder hinzurichten, aber keinerlei Skrupel hat, unschuldige Kinder abzutreiben. Was muss sich in den Köpfen der Frauen abspielen, die ihre Kinder herausoperieren lassen wie Blinddärme, um Schwangerschaftsfalten und schlaffe Brüste zu vermeiden. Er verabscheute den Kaiserschnitt, benannt nach Julius Caesar, der auf diese Art das Licht der Welt erblickt hatte. Er lebte und starb durch das Messer. Welch eine chaotische Existenz! Dergleichen sollte man nicht unterstützen.

Nebelschwaden umwaberten verblasste Inschriften und vertrocknete Friedhofsblumen. Aus der Ferne wehten die klagenden Töne eines Krankenwagens heran: Triumphgeheul des Todes. Danach versank die Welt wieder in lautloser Leere.

Aber was war das? Rief da nicht jemand seinen Namen? Erschrocken blieb er stehen. Die Stille war erdrückend. Er wollte schon weiterlaufen, da ertönte die Stimme noch einmal, dieses Mal ganz deutlich: »Doktor Hagen!« Es klang auf dem verlassenen

Friedhof wie die Stimme des Todes, wenn er im Mysterienspiel »Jedermann« ruft.

Hagen fuhr herum und erblickte eine dunkle Gestalt, nicht weit hinter sich auf dem gleichen Weg, den er gekommen war. Warum hatte er sie nicht vorher bemerkt? Sie bewegte sich auf ihn zu. Wer war das? Er nahm die Brille ab und putzte sie, so als könnte nicht wahr sein, was er sah. Er setzte sie wieder auf: eine Frau in schwarzem Mantel mit Pelzkragen, barhäuptig und blond, schlank, um die vierzig, eher jünger.

Wer war sie? Er versuchte, sich zu erinnern. Eine Patientin? Die erkennen ihren Arzt immer sofort, aber umgekehrt ist das nur selten der Fall. Sie kam näher, strich sich das Haar aus der Stirn: »Doktor Hagen.«

»Wer sind Sie?«

»Sie kennen mich nicht?«

»Nein. Helfen Sie mir.«

»Der 14. Januar. Es war Ihr Geburtstag. Daheim warteten die Gratulanten. Ihr Telefon hatte schon mehrmals geklingelt: ›Wann kommst du endlich?‹ Und da war in der Klinik diese Frau, die seit den Morgenstunden in den Wehen lag. Ihr Kind wollte und wollte nicht kommen.«

»Ja, ich erinnere mich«, sagte er, »eine dumme Geschichte.«

Er sah die Gebärende vor sich, schweißgebadet, die

Augen voller Angst, wie ein Tier, das geschlachtet wird.

»Nicht so verkrampft. Entspannen Sie sich! Pressen!«

»Ich kann nicht mehr.«

»Doch, Sie können.«

»Schneiden Sie das Kind aus meinem Leib heraus, oder Sie bringen uns beide um!«

»Hier wird nicht geschnitten. Gebären ist keine Krankheit. Gebären ist die natürliche Aufgabe des Weibes. Sie werden das durchstehen, so wie Millionen Mütter vor Ihnen.«

»Sadist«, hatte sie ihn genannt. »Sadist und Mörder«, aber da wusste sie schon nicht mehr, was sie sagte.

Schreien, wimmern, winseln, betteln.

Sie war eins von diesen wehleidigen Weibern, die beim Gebären ihre Stimmbänder mehr strapazieren als die Vulva.

Die Zeit drängte. Daheim warteten die Gratulanten. Sogar der Oberbürgermeister war gekommen. Schließlich hatte er sie allein gelassen, allein mit seiner noch recht unerfahrenen Kollegin.

»Rufen Sie mich an, falls Sie mich brauchen.«

Aber was sollte schon passieren. Die Frau hatte bereits ein Kind zur Welt gebracht. Sie war in guter Verfassung. Mein Gott, gebären tut nun mal weh.

Und dann war alles aus dem Ruder gelaufen. Es geschah, was nicht hätte geschehen dürfen. Die Plazenta riss, und das Ungeborene wurde im Mutterleib stranguliert. Als es herausgeschnitten wurde, lebte es noch, war aber irreparabel hirngeschädigt. Ihm war nicht mehr zu helfen. Um die Mutter stand es nicht besser. Mehr tot als lebendig hatte sie auf der Intensivstation gelegen, künstlich beatmet und zu schwach, um sich aus eigener Kraft aufzurichten. Und jetzt stand sie vor ihm – leichenblass, todernst und mit großen anklagenden Augen.

Ihm schauderte. Er hatte sie auf dem Gewissen, denn bei einer Frau, die schon einmal mit einem Kaiserschnitt geboren hat, bestand allerhöchste Gefahr, dass die alte Operationsnarbe bei normaler Pressgeburt reißen würde. Er hätte es wissen müssen.

Aber wie war es möglich, dass sie hier vor ihm stand?

Hatte er nicht eigenhändig ihren Totenschein ausgestellt?

Mein Gott, wie blass diese Frau war! Welch hagere Gestalt! Ihre Augen! Das war kein Mensch. Ein Geist aus dem Grab, auferstanden von den Toten.

Inzwischen war es Nacht geworden und die Dunkelheit erdrückend. Angst ergriff ihn. Weg hier! Bloß weg!

Ohne sich noch einmal umzuwenden, rannte er, so schnell ihn die Beine trugen, dem Ausgang zu. Erst im Schein einer Straßenlaterne hielt er keuchend inne, versuchte einen klaren Gedanken zu fassen. Welch ein Wahnsinn! Ein Gespenst. Es ist zum Verrücktwerden. Oder bin ich es schon? Unsinn! Du arbeitest zu viel. Diese Tote – wie echt sie war.

Erst als er wieder in die Geschäftigkeit der Stadt eingetaucht war, vermochte er befreit aufzuatmen. Da waren Menschenstimmen, Lachen, Leben, Leuchtreklamen. Welch ein Unterschied zu dem schaurig düsteren Hades, dem er soeben entronnen war. Hier unter den Lebenden gab es keinen Platz für die Toten.

Als er den viel befahrenen Verkehrsring überqueren wollte, sah er sie. Sie stand auf der anderen Seite der Fahrbahn, als erwartete sie ihn. Das kalte Licht einer Neonleuchte umgab sie wie ein Glorienschein. Der Rache-Engel in Person. Lass alle Hoffnung fahren! Nein!!!

»Den Taxifahrer trifft keine Schuld«, sagte die Frau mit dem Pelzkragen, die den Unfall beobachtet hatte und von der Polizei als Zeugin vernommen wurde. »Der Doktor ist ihm rückwärts taumelnd vor den Wagen gefallen. Es sah so aus, als habe er sich vor irgendetwas erschreckt.«

»Sie kannten den Toten?«, erkundigte sich der Polizist.

»Nur flüchtig. Er war der Arzt meiner verstorbenen Zwillingsschwester.«

Ich liebe einen Vampir

Laut Meinungsumfrage glauben achtundachtzig Prozent aller Deutschen an Gott. Aber kennen Sie einen, der an den Teufel glaubt? Das ist erstaunlich, denn wie der polnische Papst in seinem erst kürzlich erschienenen Bestseller bekräftigt, schließt der Glaube an Gott den Glauben an den Teufel unabdingbar mit ein. Kein Licht ohne Schatten. Da der Papst in Glaubensfragen unfehlbar ist, muss es ihn geben, den Teufel. Malen wir ihn also an die Wand.

So wie Gott die himmlischen Heerscharen befehligt – und wer wollte an diesen zweifeln –, so verfügt der Leibhaftige über seine heidnischen Hilfsgeister: Höllenhunde, Hexen und Vampire. Wie kommt es, dass man diese nur so selten zu Gesicht bekommt, während fast täglich irgendwo auf der Erde fliegende Untertassen gesichtet werden? Liegt es an der guten Tarnung der Teuflischen, die das Mondlicht der Wälder mit dem Rotlicht des Asphaltdschungels vertauscht haben?

Die guten alten Nymphen wurden zu schlimmen jungen Nymphomaninnen. Und die Feen, die man früher zu Hilfe rief, nennen sich heute Callgirls, Mädchen, die man rufen kann, damit Wünsche erfüllt werden – und seien sie noch so ausgefallen.

Den größten Wandel aber haben die Vampire erfahren. In der Antike Lamia geheißen, avancierten sie im Mittelalter zum »lebenden Leichnam«. Mit der Aufklärung wurden sie zu Vampiren und dank Hollywood zu Draculas.

Im Mittelalter glaubte man, die lebenden Leichname würden ihre Opfer zwei Finger unterhalb der linken Brustwarze aussaugen, dort, wo der Gekreuzigte den Lanzenstich empfangen habe. Heutige Horrorfilmregisseure demonstrieren den Draculabiss an blassen Mädchenhälsen.

So wie es keine Hexen mehr gibt, die auf Besenstielen zum Blocksberg fliegen, wie es nicht mal mehr Bauern gibt, die hinter Pferd und Pflug herlaufen, so gibt es auch keine Vampire mehr, die in Adelsgrüften darauf warten, dass es vom Schlossturm Mitternacht schlägt, um in den Schlafgemächern unschuldiger Mädchen zu landen.

Der moderne Vampir arbeitet als Arzt in der ambulanten Blutspendeabteilung des Roten Kreuzes oder als Nachtschwester auf der Intensivstation eines Unfallkrankenhauses. Wem fällt es hier schon auf, wenn man mal einen Schluck aus der Blutkonserve nimmt oder eine offene Schlagader mit den Lippen verschließt? Andere freunden sich mit Blutern und Stigmatisierten an, arbeiten als Hausschlachter, Hebammen oder Boxtrainer. Wieder andere verleihen Blutegel, die sie nach dem Ansetzen wieder abholen und ausquetschen.

Die Elendsten unter ihnen streichen nachts um die Mülltonnen der Hospitäler, um ein abgeschnittenes Bein, eine Fehlgeburt, eine herausgerissene Krampfader oder wenigstens eine Monatsbinde zu ergattern. Wenn Sie das entsetzt, so lassen Sie sich sagen, dass der Ekel vor Andersartigem der erste Schritt zu Fremdenhass und Rassismus ist. Der aber kommt nirgendwo so eklatant zum Ausbruch wie unseren blutsaugenden Mitbürgern gegenüber. Ihre Benachteiligung auf allen Ebenen zwischenmenschlicher Beziehungen ist ein schreiendes Unrecht. In einer Gesellschaft, die Milliardenbeträge für Hundefutterkonserven und Vogelfutter ausgibt, die für Negerkinder und Kroatenmütter spendet, gibt es nicht eine mildtätige Organisation, die sich der Minderheit im eigenen Land annimmt. Es existiert in der Republik nicht ein einziges Vampirasyl, keine Venenzapfstelle, weder Blutbar noch Behörde, die obdachlosen Vampiren bei der Sargsuche behilflich wäre. Keiner ist bereit, auch nur einen einzigen Tropfen herauszurücken. Und das, obwohl die meisten von uns an erhöhtem Blutdruck leiden. Regelmäßiger Aderlass erhöht die Lebenserwartung. Das wussten schon unsere Urgroßeltern.

Auch ich habe unter erhöhtem Blutdruck gelitten, bis ich begann, mein Blut mit einem Ubo zu teilen (Ubo = *unliving bloodsucking organic object*). Ich tue das gern und mit Hingabe, denn es handelt sich um einen weiblichen Vampir. Wir sind gewissermaßen Mann und Frau, nicht nach dem Gesetz, aber blutsmäßig.

Ich bin nicht dafür, dass man sein Privatleben in der Öffentlichkeit ausbreitet. Wenn ich es dennoch tue, dann nur aus Verbundenheit mit unseren blutsaugenden Mitbürgern.

Caecilie ist eine geborene Freifrau von Falkenstein. Als sie vierundzwanzigjährig vom Pferd fiel und sich das Genick brach, spielte Friedrich der Große noch Querflöte. Den Biss, durch den sie zum Vampir geworden war, hatte sie sich im Beichtstuhl von ihrem Beichtvater, dem blinden Monsignore Alucard, einem Großneffen des Grafen Dracula, eingehandelt.

Der Biss eines Vampirs bewirkt, dass der Gebissene, gewissermaßen HIV-positiv, latent zum Vampir wird, ohne dass der Vampirismus bei ihm zum Ausbruch kommt. Das geschieht erst nach dem Ableben. Der Tote – die Bezeichnung ist natürlich völlig fehl am Platz – verlässt dann bei Nacht seine Begräbnisstätte und erwacht mitternächtlich zum Leben, wie wir das ja aus den Draculafilmen kennen.

Als ich Caecilie auf einem Kostümfest kennen lernte, waren wir beide vierundzwanzig Jahre jung. Inzwischen bin ich doppelt so alt. Sie sieht immer noch aus wie vierundzwanzig, mit dem Busen der Marylin Monroe und der Taille von Cindy Crawford, von dem Rest ganz zu schweigen. Propaganda liegt mir fern, aber ich sage Ihnen, es gibt keine erfülltere Liebesbeziehung als die zu einem jungen Vampir. Es ist ja nicht nur ihre ewige Jugend. Caecilie verfügt über zweihundertjährige Erfahrung im Liebesspiel, und das allnächtlich, denn die Libido von Graf Draculas Enkeltöchtern ist so grenzenlos und stürmisch wie das Meer, aber tiefer.

Ich weiß nicht, ob Sie genügend Phantasie haben, sich das Unfassbare vorzustellen: die zweihundertjährige Erfahrung einer Nymphomanin im Leib einer jungen Frau, die nicht nur schön und treu ist, sondern dem Geliebten auch noch alle Freiheiten lässt. Meine Nachbarn halten mich für einen Junggesellen, denn tagsüber schläft Caecilie in ihrem mit roter Seide ausgeschlagenen Ebenholzsarg, den ich ihr zu ihrem zweihundertsten Geburtstag geschenkt habe.

Der Tag gehört mir ganz allein. Ich kann mich meiner Arbeit widmen. Niemand nervt mich. Eifersucht ist mir fremd. Ich weiß immer, wo meine bessere Hälfte steckt.

Um Mitternacht aber, wenn andere Singles mit hartem Fleisch und noch härterem finanziellen Aufwand dem anderen Geschlecht hinterherrennen, kommt sie zu mir. Und wie sie kommt!

Nur mein Tod vermag uns zu trennen. Dann wird Caecilie sich einen neuen Sterblichen suchen, und auch ich bin auf ein lebendiges junges Blut angewiesen. Ich habe mir eine Liste aufgestellt, eine Liste von Frauen, die ich zum Anbeißen gut finde. Claudia Schiffer steht ganz oben.

Insofern stellen wir Ubos gar keine Gefahr für die Menschheit dar. Wir beißen weiß Gott nicht jeden. Wer Unsterblichkeit zu vergeben hat, muss auf Elite bedacht sein. Claudia Schiffer muss der Menschheit erhalten bleiben. Aber keiner von uns wird Angela Merkel beißen, eher beißen wir ins Gras, Ehrenwort.

Natürlich hat das gute Leben seinen Preis. Alles hat seinen Preis. Ich verliere allnächtlich viel Saft. Wenn ich in den Spiegel blicke, schaut mir mein Großvater entgegen. Manchmal fühle ich mich wie eine Backpflaume. Mein Arzt meint, ich leide unter Blutarmut, aber aus den Augen leuchtet mir das Glück totaler Befriedigung. Denn ich sage Ihnen, Caecilie hat mich

Dinge gelehrt, dagegen ist das Kamasutra die reinste Krankengymnastik. Haben Sie gewusst, dass man … Oh, verdammt, es ist fünf Minuten vor Mitternacht. Ich muss das Badewasser einlassen. Caecilie sagt immer:

»Nichts geht über Frische
in der Liebe und bei Tische.«

Allah ist gerecht

Mohammed hielt Dummheit für eine Sünde. Er hat gelehrt: »Wer lernt, betet.« Aber wie so häufig haben die Menschen den Propheten missverstanden. Sie verwechselten Wissenerwerben mit Auswendiglernen. Und so kommt es, dass im Islam einer, der den Koran aus dem Gedächtnis aufsagen kann, wie ein Heiliger verehrt wird. Er erhält den Ehrentitel Hafis und gilt als weise, was gewiss nicht stimmt, denn wer auswendig lernt, eignet sich die Gedanken anderer an. Dazu gehört Fleiß. Den haben die Ameisen und die Bienen auch. Wissen ist mehr. Begreifen ist ein schöpferischer Akt. Dazu benötigt man die Gabe der rechten Sicht und des Verstehens.

Wer Ohren hat zu hören, der höre.

In der Oase Nefuth lebte einst ein Hafis, der sich im Buch der Bücher so sicher auskannte wie in den Taschen seines weiten Gewandes.

»Allah ist nicht nur groß«, pflegte er zu sagen, »er ist vor allem gerecht. Und weil das so ist, so ist es unsere Pflicht, Gerechtigkeit in seinem Namen walten zu lassen, unerbittlich gegenüber allen und jedem.«

Seine drei Frauen beschlief er in festgelegtem Zyklus, eine nach der anderen, gleich lange und gleich inbrünstig, gleichgültig, ob sie seiner bedurften oder nicht. Wichtig war vor allem, dass es gerecht zuging, so wie es der Prophet von seinen Anhängern verlangte: »Die Frauen sind eure Äcker. Seht zu, wie ihr sie bestellt, aber bestellt sie gerecht.«

Und das war der Hafis. Sein Gerechtigkeitseifer beschränkte sich nicht nur auf seine Mitmenschen, sondern schloss die gesamte Schöpfung mit ein, Pflanzen und Tiere.

Als sein Packesel einem seiner Knechte das linke Ohr abbiss, bestand der Hafis darauf, dass auch der Knecht dem Esel ein Ohr abbeißen müsse, getreu dem Koranwort: Auge um Auge, Zahn um Zahn (und natürlich auch Ohr um Ohr). Was gar nicht so leicht zu bewerkstelligen war, weil der Knecht schon ziemlich alt und zahnlos war und Eselohren bei weitem zäher sind als die von Menschen.

Der Hafis besaß einen Dattelhain, den er sehr liebte. »Schaut euch die Dattelpalmen an«, predigte er seinen Anhängern, »sie streben kraftvoll dem Himmel entgegen, höher und höher, aber bei bestimmter Größe beenden sie demütig aus eigenem Antrieb ihren Aufstieg. Da ist keine, die sich über die anderen erhebt. Welch ein Gleichnis für die Gemeinschaft der Gläubigen.«

Eines Tages während eines Rundgangs durch seinen Dattelhain erblickte der Hafis eine junge Palme, die alle anderen um Armeslänge überragte. Anstatt sich an dem prachtvollen Gewächs zu erfreuen, geriet der Hafis – wie konnte es anders sein – in Zorn. »Wie kannst du es wagen, dich dermaßen frevelhaft über die anderen zu erheben?«, rief er. »Glaubst du, du bist von besserem Holz als deine Brüder?« Und er beschloss, den überheblichen Gesellen ab sofort weniger zu gießen.

Und so geschah es. Aber obwohl die junge Palme mit viel weniger Wasser gespeist wurde als die anderen, wuchs sie dennoch rascher heran.

»Na warte, dich will ich Demut lehren«, sprach der Hafis. »Wer sich selbst erhöht, der soll erniedrigt werden.«

Er nahm einen schweren Stein – so schwer, dass er ihn kaum heben konnte – und band ihn der kleinen Palme mitten in die Krone. Dann ging er davon wie ein Richter, der dem Recht zum Sieg verholfen hat.

Die junge Palme aber erlitt alle Marter der gepeinigten Natur. Sie schüttelte sich im Morgenwind, bog sich im heißen Wüstensturm, versuchte die Last abzuwerfen, vergeblich. Zu fest lag der Fels in ihrer Krone. Da krallte sich der Stamm tiefer in den Boden, senkte seine Wurzeln tiefer und tiefer bis zu den verborgenen Wasseradern der Oase, stemmte den Stein höher und höher. Und wenn es ihm auch nicht gelang, die anderen Bäume an Höhe zu überragen, so übertraf er sie doch alle an Kraft und Lebenswille.

Die Zeit verrann wie der Sand der Wanderdünen in der Wüste. Eines Tages während seines Rundgangs durch den Dattelhain stand der Hafis unter der gedemütigten, leidgeprüften Palme. Er blickte an ihr empor und sprach: »Allah ist nicht nur groß, er ist vor allem …«

Weiter kam er nicht, denn da traf ihn der Stein.

»… vor allem gerecht«, rauschten die Blätter der Palme. »Er bestraft den Übeltäter bis ins dritte und vierte Glied.«

Gespräch mit einem Kopf

Ich saß im Alpenexpress und fuhr durch tief verschneite Täler, über Pässe und Brücken, an deren eisernem Gelände armdicke Eiszapfen in der kalten Wintersonne glitzerten. Mir gegenüber am Fenster saß ein seltsamer Mensch. Obwohl es nicht kalt war in unserem Abteil, hatte er sich in eine Wolldecke gehüllt. Nur sein Schädel schaute oben heraus, kahl geschoren und asketisch. Durch eine randlose Brille blickte er auf die vorbeifliegende Landschaft, deren Schneemassen ihn frösteln ließen. Schweigsam hockte er da. Meinen Gruß beim Zusteigen hatte er nur flüchtig erwidert.

Vermutlich ein Ausländer, der meine Sprache nicht verstand, so dachte ich, ohne ihn weiter zu beachten.

In einem Tal, dessen Bewohner offensichtlich vom Obstanbau lebten, hielt der Zug auf freier Strecke. So weit das Auge reichte: Apfelbäumchen. Es waren auffallend hässliche Gewächse. Unbelaubt, kaum mannsgroß, verkrüppelt und schmerzhaft verdreht durch ständigen Zurückschnitt, reckten sie ihr zerquältes Geäst gen Himmel wie knochige Totenfinger.

»Wie kann man nur!«, entfuhr es mir.

»Wie kann man nur was?«

»Diese Bäume – welch entsetzliche Vergewaltigung!«

Der Mann blickte hinaus und meinte: »Gute Arbeit. So ein Bäumchen trägt bis zu einem Zentner erstklassiges Tafelobst.«

»Das sind doch keine Bäume. Das sind Obstmaschinen, Pflückbatterien, wie die Legebatterien der Käfighühner.«

»Und das erschreckt Sie?«

»Abscheulich, unnatürlich.«

Der Fremde wies mit einem Kopfnicken auf den Forst, der sich hinter den Obstfeldern bis zu den Bergen hinauf erstreckte: »Erschreckt Sie auch der Wald?«

»Nein.«

»Das sollte er aber, denn diese in Reihen aufgestellte Monokultur von Tannen hat mit einem urwüchsigen Wald nichts mehr gemeinsam. Das, was Sie Natur nennen, ist bereits ein Kunstprodukt. Unsere

Wälder sind forstamtlich gepflegte Baumkulturen, unsere Äcker und Felder das verzärtelte Resultat der Landwirtschaft. Die Rodung der zivilisationsfeindlichen Urwälder, die Trockenlegung der durch Malaria verseuchten Moore, die Ausrottung von Raubtieren und Ungeziefer haben unsere einstmals mörderische Umwelt in einen unnatürlichen Garten Eden verwandelt. Die viel gepriesene Natur der grünen Romantiker unterscheidet sich von der wirklichen wie ein Aquarienfischlein von einem Menschenhai.«

»Aber Sie können doch nicht leugnen, dass ein natürliches Leben …«

»Ein natürliches Leben – was ist das?«, unterbrach er mich. »Viel Bewegung in frischer Luft? Natürlich gewachsene Nahrung? Harmonische Einheit mit Pflanzen und Tieren?

Die Buschmänner der Kalahari tragen nur einen Lendenschurz. Auf ihren Wanderungen legen sie täglich Entfernungen zurück wie nur wenige Jogger. Sie ernähren sich von Wurzeln, Grassamen und allerlei jagdbarem Getier, alles frisch und chemisch unbehandelt, mit anderen Worten, sie leben in vollkommener Harmonie mit der Natur und müssten bei beneidenswerter Gesundheit uralt werden. Das Gegenteil ist der Fall.

Ihre durchschnittliche Lebenserwartung liegt unter dem dreißigsten Lebensjahr. Wenn man dennoch viele Alte antrifft, dann nur deshalb, weil die kleinen Naturkinder mit dreißig bereits so zahnlos und faltig aussehen wie unsere Achtzigjährigen. Den afrikanischen Wildtieren ergeht es nicht anders.

Es lebt nicht nur in dem ständigen Stress, gefressen zu werden oder zu verdursten, sondern ist wehrlos Myriaden von Zecken, Blutegeln, Moskitos, Stechfliegen und anderen Plagegeistern ausgeliefert. Wie viel besser geht es da unserem Nutzvieh.«

»Wenn man Sie so reden hört, könnte man doch glatt glauben, wir würden unsere Umwelt nicht ruinieren, sondern veredeln.«

»Das tun wir auch. Nach anfänglichen Pannen – mein Gott, wo gibt es die nicht – sind wir dabei, die Fehler der Schöpfung auszumerzen und sie so zu gestalten, wie sie eigentlich sein sollte: menschengerecht.«

»Unsere Erde wird immer unbewohnbarer, immer lebensbedrohlicher.«

»Alles Unfug«, widersprach er. »Noch niemals zuvor haben so viele Menschen so sorglos gelebt, so viel und so gut gegessen, so behaglich gewohnt, mit so viel Freizeit und so viel ärztlicher Versorgung, mit so viel Zerstreuung und Unterhaltung. Im Vergleich mit der Vergangenheit haben die letzten Jahrzehnte uns alle zu Königen gemacht. Wir fahren in eigenen Autos, fliegen in ferne Länder, um dort unseren Urlaub zu verbringen.« Er machte eine Pause, um seine Worte auf mich wirken zu lassen, und fuhr dann fort: »Wir leben nicht nur besser, sondern auch länger. Wer vor hundert Jahren geboren wurde, hatte ein Leben von fünfzig Jahren vor sich. Ein heutiger Neugeborener kann mit einer Lebenserwartung von mehr als siebzig Jahren rechnen. Zwanzig Lebensjahre – welch ein Geschenk! Dabei ist das erst der Anfang. Die Genforschung wird uns völlig neue Tore öffnen.«

»Elitekinder aus dem Katalog. Nietzsches Übermensch und Adolf Hitlers Herrenrasse lassen grüßen! Retortenbabys, gescheit wie Einstein, begabt wie Mozart und schön wie Claudia Schiffer.«

»Was ist dagegen einzuwenden? Das alte Argument der Eugeniker, dass es absurd ist, Hunde und Pferde einer Zuchtauswahl zu unterwerfen, nicht aber Menschen, ist in dem Augenblick richtig, in dem es nicht mehr von traditionellen religiösen Skrupeln belastet wird. Und die verblassen immer mehr.«

Mein unheimlicher Reisebegleiter musterte mich durch seine Hermann-Hesse-Brille, bereit, jeden Einwand sofort zu widerlegen. Dieser kantige, fast haarlose Schädel über dem gefalteten Postament der Kamelhaardecke erinnerte mich an eine Bronzebüste von Oppenheimer, dem Atomphysiker, oder an den Begründer des Jesuitenordens Ignatius von Loyola.

»Bereitet Ihnen diese ganze Entwicklung keine Sorgen?«, fragte ich ihn. »Was ist, wenn all die beabsichtigten Verbesserungen und Verschönerungen, die wir da vornehmen, ins Gegenteil umschlagen?«

»Wer sagt Ihnen, dass wir alles verbessern und verschönern wollen?«

»Na, an Verstümmelungen kann uns doch wohl nicht gelegen sein.«

»Aber ja doch«, hielt er mir entgegen. »Schon unsere traditionelle Zuchtauswahl richtete sich nicht nach ästhetischen Maßstäben. Krummbeinige Dackel oder Möpse sind nicht schöner oder lebenstüchtiger als ihr Urahn, der Wolf. Dem deutschen Landedelschwein wurden ein paar Rippen mehr angezüchtet, nicht um es zu veredeln, sondern um es profitabler zu machen.«

»Ein Glück, dass es das nur bei Tieren gibt.«

»Was veranlasst Sie zu solch einer Behauptung?«, erkundigte sich mein kahlköpfiger Reisebegleiter.

»Wer hätte schon Interesse daran, verkrüppelte Menschen zu züchten?«

»Das ist nur eine Frage der Definition. Häufig ist das, was Sie eine Verkrüppelung nennen, die wichtigste Voraussetzung für eine überdurchschnittliche Befähigung. Italiens berühmtester Radrennfahrer, Fausto Coppi, war eine anatomische Fehlkonstruktion, aber er war sozusagen eine Spezialanfertigung für das Fahrrad. Der bucklige Oberkörper war gnomenhaft kurz. Seine überlangen Beine waren wie geschaffen zum Bedienen der Pedale.

Paganini litt an angeborener Arachnodaktylie, an der Spinnenfingrigkeit. Ohne diese Extremwüchsigkeit seiner Finger hätte er nie die Virtuosität auf der Geige erlangt, die ihn unsterblich gemacht hat. Der Krüppel Paganini war für die Geige geschaffen wie der Krüppel Coppi für sein Rennrad.

Häufig verfügen körperlich Behinderte über geniale Begabung. Das bekannteste Beispiel dafür ist das an den Rollstuhl gefesselte Genie Hawkins, ein Kopf ohne Körper.«

So wie Sie, hätte ich am liebsten geantwortet. Stattdessen sagte ich: »Sie glauben doch nicht allen Ernstes, wir werden Menschen nach Bedarf für den Arbeitsmarkt züchten: Zwerge für enge Raumkapseln, Kampftaucher mit Schwimmhäuten zwischen den Fingern. Je nachdem, welche Fähigkeit gerade gefragt ist? Menschen sind doch keine Apparaturen.«

»Sie haben natürlich Recht. Niemand will berufliche Fachkrüppel produzieren.«

»Und warum sollte man solche Dinge sonst tun?«

»Nun, aus Liebe zum Beispiel. Aus Mutterliebe.«

»Aus Mutterliebe?« Ich glaubte nicht recht gehört zu haben.

»Ja, gewiss doch.«

Er lehnte sich zurück und sagte: »Ich will Ihnen von einem Fall erzählen, der so ausgefallen ist, als hätte ihn ein Ethikprofessor ersonnen, um mit ihm seine Studenten zu testen. Eine junge Frau und ihre lesbische Lebenspartnerin suchten per Zeitungsanzeige einen Samenspender mit angeborener Gehörlosigkeit, möglichst in zweiter oder dritter Generation. Die beiden Frauen waren taub und wünschten sich ein taubes Kind. Sie fanden einen tauben Samenspender. Ein paar Wochen nach der Geburt wurde die Hörfähigkeit des Kindes gemessen.

›Keine Reaktion bei fünfundneunzig Dezibel‹, schrieb die Mutter überglücklich ins Geburtsbuch. ›Hurra, wir haben ein gesundes Kind!‹«

»Ein gesundes Kind? Wie kann der Gesetzgeber so etwas zulassen? Das ist vorsätzliche Körperverletzung!«

»Es gab Menschen, die verurteilten das Ganze, nannten es grausam, andere verteidigten das lesbische Paar, zeigten Verständnis dafür, dass die beiden wie alle Eltern ein Kind wollten, das die Welt aus ihrer Perspektive erlebt und ein Leben führt wie sie. Die amerikanische Vereinigung für Gehörlose legte klar, sie seien nicht ein bedauernswerter Haufen von Behinderten, sondern eine sprachliche Minderheit mit eigener Fingersprache, und wie alle Minderheiten in einem freien Land hätten sie ein Recht auf eigenständige Entfaltung.

›Möglich, dass das Kind außerhalb der Gemeinschaft der Tauben mehr Probleme haben wird‹, schrieb eine Zeitung. ›Doch auch Schwarze haben es schwerer als Weiße; und niemand nimmt Anstoß daran, wenn eine schwarze Mutter einen schwarzen Samenspender wählt.‹«

»Das ist doch etwas völlig anderes«, protestierte ich. »Anstatt krankes Leben auszumerzen, wurde hier behindertes Leben bewusst angestrebt. Der perfekte imperfekte Mensch auf Bestellung!«

Der kahle Kopf nickte zustimmend: »So ist es. Aber was ist schon perfekt?«

»Wenn das so ist«, fuhr ich fort, »dann drängt sich die Frage auf: Was ist, wenn eine behinderte Mutter bei der pränatalen Untersuchung feststellt, dass ihr Kind nicht die gewünschte Behinderung aufweist? Darf sie dann ihr gesundes Kind abtreiben, so wie im umgekehrten Fall einer nichtbehinderten Mutter erlaubt ist, einen geschädigten Fötus abzutöten?«

»Eine berechtigte Frage«, meinte mein Gegenüber.

»Wie schrecklich ist das alles. Was sind das nur für Menschen, die ihren Kindern so etwas antun?«

»Das sind Menschen wie Sie und ich«, erwiderte der Kahlkopf. »Ich kannte eine Mutter ohne Arme. Sie war eines der ersten Conterganopfer. Als sie schwanger wurde, nahm sie das gleiche Medikament, um ein Kind zu bekommen, das so war wie sie. Haben wir nicht alle den Wunsch, uns in unseren Kindern wiederzuentdecken?«

»Das ist verbrecherisch.«

»Nein«, sagte er, »das ist Liebe.«

»Und was sagt das arme Kind dazu?«

Er lehnte sich mit geschlossenen Augen zurück und

antwortete: »Mutter war eine wundervolle Frau.« Dabei verschob sich die Wolldecke, die ihn einhüllte, und ich sah die zwei kurzen Stummelärmchen, die links und rechts in Schulterhöhe hervorlugten.

Bis dass der Tod euch scheidet

Als Standesbeamter habe ich unglaubliche Dinge erlebt: Paare vom Verband für Freikörperkultur, die splitternackt getraut werden wollten, und Paare, die sich schon vor dem Standesbeamten so stritten wie vor dem Scheidungsrichter. Ich habe Schwulenehen geschlossen, habe mit angesehen, wie sich junge Mädchen einen Opa zum Gatten nahmen. Einem Bankräuber habe ich im Gefängnis zur Frau verholfen. Ich habe zwei Liliputaner aus dem Zirkus zu Mann und Frau erklärt. Sie waren so klein, dass sie während der Zeremonie auf meinem Schreibtisch standen. Ein arabischer Geschäftsmann kam gleich mit zwei Frauen zu mir.

Das Unglaublichste aber habe ich letzte Woche erlebt. Tritt da ein Mann in mein Zimmer: Mitte vierzig, gepflegte Erscheinung, ausgeruhter Lufthansablick hinter randloser Brille, und sagt: »Ich will getraut werden.« Er legt mir ein paar Papiere auf den Schreibtisch: »Pass, Geburtsurkunde und alles, was Sie so brauchen«, sagt er. Bevor ich ihm klar machen kann, dass das so nicht geht, dass er sich in vorgeschriebener Frist voranmelden muss, schneidet er mir das Wort ab und meint: »Bitte hören Sie sich erst an, was ich Ihnen zu sagen habe. Bei mir ist das alles ganz anders.«

Er nimmt in einem der beiden Sessel Platz – vor dem Tisch des Standesbeamten stehen immer zwei Sessel, müssen Sie wissen – und beginnt auf mich einzureden. Ich kann das, was er da losließ, wortgetreu wiedergeben, weil ich es auf Tonband aufgenommen habe. Wir verfügen über solche Geräte, weil viele Paare ihr Jawort festhalten wollen so wie ein Hochzeitsfoto. Also dieser Mensch sagt da:

»Ich bin ein Einzelkind, aufgezogen von einem allein erziehenden Vater, der nicht viel Zeit für mich hatte. Andere Kinder gab es in dem Mietshaus, das wir bewohnten, nicht. Tiere waren nicht erlaubt. Mein bester Spielkamerad war ich selbst. Das änderte sich auch nicht, als man mich zur Schule schickte. Die anderen Kinder mochten mich nicht. Und ich mochte sie noch viel weniger. Näher kamen wir uns nur beim gegenseitigen Verprügeln.

Auch das Erwachen der Sexualität änderte nichts an meinem Alleingang. Während meine Altersgenossen dem anderen Geschlecht nachliefen, befasste ich mich mit mir selbst. Dabei war es durchaus nicht so, dass mich andere Menschen nicht interessierten. Ich beobachtete sie voller Neugier, so wie man Frösche beobachtet oder Hühnerküken. Andere Menschen waren für mich keine Partner, sondern Forschungsobjekte, Versuchstiere gewissermaßen. Es wird Sie nicht erstaunen, wenn ich Ihnen sage, dass ich nach meinem Schulabschluss Biologie und Psychologie studierte.«

»Ja, ja«, unterbrach ich ihn, »schön und gut. Aber was hat das mit Ihrer Eheschließung zu tun?«

»Sehr viel, wie Sie gleich sehen werden. Aber bitte lassen Sie es mich erklären. Haben Sie eine Katze oder einen Hund? Nein? Nun, das macht nichts. Sie werden mich auch so verstehen. Sie haben gewiss schon Katzen beobachtet. Sie gelten als Sinnbild der Erotik. Hunde dagegen sind in den Augen der meisten Menschen so unerotisch wie graue Mäuse. Warum ist das so?«

Er machte eine kurze Pause, als erwarte er eine Antwort. Doch bevor ich den Mund aufmachen konnte, fuhr er fort: »Eine Katze verschläft den halben Tag. Sie will gekrault werden, wenn wir keine Lust dazu verspüren. Und sie zeigt die Krallen, wenn wir etwas von ihr wollen. Sie ist unberechenbar, egoistisch, grausam und eitel, putzt sich ständig das Fell, leckt sich die Pfoten und mit Vorliebe das eigene Geschlecht.

Ein Hund dagegen ist treu, anhänglich, berechenbar, kommt, wenn man ihn ruft, geht bei Fuß, nimmt auf Befehl Platz und gibt Pfötchen. Mit anderen Worten: Katzen sind wie Frauen und Hunde wie Männer, was sich auch in der Sprache widerspiegelt. Nicht zufällig heißt es *die* Katze und *der* Hund.«

Er blickte mich an, als erwarte er für diese banale Erkenntnis Applaus. Und als der ausblieb, fuhr er unbeirrt fort: »Unsere Gesellschaft unterliegt dem Irrtum, Männer müssten aktiv sein, um Erfolg zu haben. Ein richtiger Mann soll agil sein, draufgängerisch, potent, stark, kämpferisch, treu und berechenbar, mit anderen Worten so unerotisch wie ein Hund.

Nein, solch ein Köter wollte ich nicht werden. Ich wollte mich weder an die Leine noch an die Kette legen lassen, wollte nicht bei Fuß gehen und um mein tägliches Fleisch betteln müssen. Ich wollte allein gelassen werden.

Doch nun kommt das Teuflische: Je mehr ich mich zurückzog, um so begehrter wurde ich in den Augen des anderen Geschlechts, getreu dem Erfolgsrezept der Katzen: Nichts ist so geheimnisvoll anziehend wie Verweigerung. Sexuelle Agilität dagegen wirkt auf die weiblichen Lustobjekte oft bedrohlich und setzt den Mann in seinem Wert herab: Der arme Kerl hat es wohl nötig. Führt sich so auf, als hätte er seit langem keine mehr abgekriegt!

Eine tief in sich selbst ruhende männliche Präsenz aber, die sich ihres Wertes voll bewusst ist, verfügt über viel größere Anziehungskraft als das geile Gehabe, das Männer an den Tag legen, wenn ihnen eine vollbusige Blondine über den Weg läuft. Das Betteln mit den Blicken erinnert mich an hechelnde Hunde, die schwanzwedelnd an Laternenpfähle pinkeln, um Aufmerksamkeit zu erregen. Wer sich dagegen mit halb geschlossenen Lidern, katzenhaft entspannt in seinem Sessel zurücklehnt und sich verweigert, wirkt erregend anziehend. Warum beachtet mich dieser Bursche nicht? Er tut so, als wäre ich nicht gut genug für ihn! Der Lockreiz sexueller Sättigung geht von ihm aus. Lass mich in Ruhe. Mein Gott, nicht schon wieder. Wer gähnend auf ein Angebot verzichtet, weckt den Jagdinstinkt. Die Frauen laufen mir nach.

Und genau das will ich nicht. Ich will allein gelassen werden, allein mit mir selbst. Unsere garstigsten Gefühle basieren auf Sex: Eifersucht, Enttäuschung, Neid, Scham, Schuld. Sex ist der schlimmste Würger aller Zeiten. Täglich sterben Tausende an Aids. Südlich der Sahara sind nach Angaben der Vereinten Nationen dreißig Millionen Menschen HIV-positiv. Das entspricht der Einwohnerzahl von Kanada.«

»Ja, ja, freier Sex ist heutzutage eine riskante Angelegenheit«, unterbrach ich seinen Redefluss. »Ist das der Grund, warum Sie hier sind? Ein treuer Ehepartner ist immer noch …«

»Aber nein«, fiel er mir ins Wort. »Ehe – das ist gegenseitige Versklavung, Freiheitsberaubung. Wenn Ehepaare sich mit anderen Ehepaaren unterhalten, so fragen sie nicht: Wie glücklich, sondern wie lange seid ihr verheiratet? Und genau das tun Gefängnisinsassen auch: Wie lange sitzt du denn schon im Knast? Wenn ein Mensch ermordet wird – so hat mir ein Kriminalexperte verraten –, fällt der erste Verdacht immer auf den Ehepartner.«

»Wenn Sie solche Aversionen gegen die Ehe haben«, sagte ich, »warum sind Sie dann hier?« Der Kerl ging mir allmählich auf die Nerven.

»Wichtiger als Lust ist Glück«, gab er mir zur Antwort. »Und das findet man nicht bei anderen, sondern immer nur in sich selbst. Deshalb bin ich hier: *Ich will mich heiraten.* Ich will mir vor dem Standesamt die Treue geloben. Ich will keinen anderen lieben als mich selbst.«

»Aber …«, ich suchte nach den richtigen Worten. »Das geht nicht. Zur Eheschließung gehören zwei.«

»Ich bin zwei. Zwei Seelen wohnen, ach, in meiner Brust. Das wusste schon Goethe. Und er hatte Recht. Es gibt keinen Menschen, der mir so viel bedeutet, mit dem ich so glücklich bin wie mit mir. Bitte trauen Sie mich!«

Die Tränen standen ihm in den Augen. Und ich habe ihn getraut. Warum sollte ich nicht? Ich kenne kein Gesetz, keine Moral, die die Eheschließung mit sich selbst verbieten. Im Gegenteil, es war meine einzige Trauung, bei der ich mir ganz sicher war: Diese Ehe wird halten, getreu dem Gelöbnis »bis dass der Tod euch scheidet«.

Befleckte Empfängnis

Laut Sigmund Freud haben alle Frauen Probleme mit ihrer Sexualität – die einen, weil sie nicht genug, die anderen, weil sie zu viel davon kriegen. Linda Lamberty gehörte zur ersteren Kategorie. »Wer nicht genießt, wird ungenießbar«, pflegte sie zu sagen. »Die Natur hat mich mit sehnsuchtsvollem Fleisch ausgestattet, das heißt, die Natur hält mein Liebesleben für wichtig. Wer bin ich denn, dass ich mich mit der Natur anlegen würde? Allein zu schlafen und auch noch Gefallen daran zu finden, ist für eine Frau ein Akt des Verrats an ihrer Urnatur, eine Untreue, die gefährlicher ist als Ehebruch. Welchen Wert soll es haben, mit Anstand alt zu werden? Lieber unanständig jung bleiben. Wer das Bett bloß aufsucht, weil er müde ist, verdient keins.«

Oder sie sagte: »Sex ist wie gutes Essen. Je mehr man davon bekommt, desto mehr will man haben. Der Appetit kommt beim Essen. Zu viel des Guten kann wundervoll sein. Was wäre das Leben ohne Liebe. Und Liebe ohne Sex ist wie eine schöne Frau, der ein Auge fehlt.« Ihr fehlte keins.

Von einer Reporterin befragt, wann sie ihre Unschuld verloren habe, antwortete sie: »Ich war fünfzehn, als ich zum ersten Mal unter einem Jungen gelegen habe – wenn Sie das meinen. Aber was hat das mit meiner Unschuld zu tun? Wenn ich die dabei verloren hätte, dann wäre ich ja danach schuldig gewesen; und ich fühle mich ganz und gar nicht schuldig, im Gegenteil: Schuldig würde ich mich fühlen, wenn ich gegen mein Wesen gehandelt hätte. Freiheit gibt es nur, wo der Natur keine Fesseln angelegt werden. Ich bin eine emanzipierte Frau, aber nicht eine von den vertrockneten *Emma*-Leserinnen, die stolz darauf sind, auch ohne Mann auszukommen, getreu dem Emanzenschlagwort: Eine Frau ohne Mann ist wie ein Fisch ohne Fahrrad. Ich bin der Meinung: Eine Frau ohne Mann ist wie ein Fisch ohne Schwanz.«

Ihr Leben war ein lustvoller Erlebnisurlaub.

Umso schrecklicher war das Erwachen.

Die Befürchtung, die sich nach dem Ausbleiben der Monatsblutung eingeschlichen hatte, wurde bestätigt. Der Schwangerschaftstest war positiv.

»Oh, mein Gott. Ich bin eine werdende Mutter«,

dachte sie. »Ich, Linda Lamberty, zweiundzwanzig Jahre alt, Kunststudentin im vierten Semester, ohne Ehemann, ohne Job. Kein Geld auf der Bank, aber ein Kind im Bauch.«

Sie betrachtete sich im Spiegel. Sieht so eine Mutter aus? Ein Mädchengesicht blickte sie mit großen, fragenden Augen an. Sie formte die Lippen zum Kussmund, fuhr mit der Zungenspitze darüber, strich sich mit der Hand über den Hals bis hinab zu den Brüsten. Mit einer raschen Bewegung streifte sie den Bademantel von den Schultern, ließ ihren Blick über die schwellende Landschaft ihres nackten Leibes gleiten. Ihr gefiel, was sie sah. Auf der Highschool war sie zur Schönsten gewählt worden. Da gab es keinen Jungen, den sie nicht hätte haben können.

Sie hatte es genossen.

Was heißt hier »hatte«, dachte sie. Benutze ich jetzt schon die Vergangenheitsform, wenn ich an mein Liebesleben denke? Das darf doch wohl nicht wahr sein. Es muss etwas geschehen, so schnell wie möglich.

Von einer Mitstudentin erhielt sie die Adresse der Beratungsstelle für ledige Mütter. Wie nicht anders zu erwarten, riet man ihr dort, das Kind auszutragen.

»Wissen Sie«, sagte die blasse, bebrillte, busenlose Beraterin, »die Hälfte aller Frauen will ein Kind und kriegt keins; die andere Hälfte kriegt eins und will es nicht. Wir haben lange Listen von Leuten, die sich sehnlichst ein Kind wünschen, betuchte Familien, die sogar bereit sind, viel Geld dafür zu bezahlen. Ihr Kind hätte es dort gut.«

Sie schob Linda eine Adresse zu: »Schauen Sie sich doch wenigstens eines dieser Ehepaare an. Alles ist besser als eine Abtreibung.«

Obwohl Linda anderer Meinung war, nahm sie die Adresse. Eine wölfische Unruhe ergriff sie. Sie hatte das Gefühl, etwas unternehmen zu müssen. Irgendetwas, wenn es ihr nur half, am Ende die richtige Entscheidung zu treffen.

Nicht dass sie etwas gegen Kinder gehabt hätte. Sie liebte Kinder, aber sie liebte auch ihre Freiheit. Vielleicht später, dachte sie, mit dem richtigen Mann in der richtigen Umgebung. Die Knaben, die sie mit in ihr Bett nahm, waren nicht die Richtigen, und der, von dem sie glaubte, dass er der Vater sein könnte, schon gar nicht – ein Lustspender, aber charakterlich ein Typ wie eine Vorhaut: Wenn's ernst wird, zieht er sich zurück.

Sie warf einen Blick auf die Adresse, die ihr die Beraterin gegeben hatte. Das Villenviertel war das beste in der ganzen Stadt. Als sie eine halbe Stunde später dort aus dem Taxi stieg, stockte ihr für einen Augenblick der Atem.

VILLA FENICE stand an dem hohen schmiedeeisernen Tor. Dahinter führte ein Kiesweg zu einem Herrenhaus mit breiter Terrasse. Zwischen Marmorlöwen plätscherte ein Springbrunnen. Auf seinem Beckenrand hockte ein Pfau. Seine Schwanzfedern leuchteten wie Schmetterlingsflügel.

Linda hatte sich telefonisch angemeldet und wurde offensichtlich erwartet. Die Pforte öffnete sich wie von Geisterhand, bevor sie geklingelt hatte. Ein Dienstmädchen nahm ihr die Jeansjacke ab und führte sie in eine Bibliothek, der man ansah, dass sie eher dekorativer Art war. Lederne Buchrücken repräsentierten konservative Gediegenheit. Linda wollte nach einem Band greifen, als hinter ihr eine weibliche Stimme ertönte: »Willkommen, Misses Lamberty.«

Linda wandte sich um und erblickte eine Frau, die ihr lächelnd die Hand entgegenstreckte: »Ich bin Mary Jefferson. Schön, dass Sie gekommen sind.«

Im angrenzenden Wintergarten wurde Tee serviert. In bequemen Korbsesseln mit Blick in den Garten tauschten sie höfliche Floskeln aus und taxierten einander.

Linda nahm zur Kenntnis, dass die Dame des Hauses mehr Herrin als Dame war, eine typische Karrierefrau: erfolgreich, effizient und trotz der teuren Klamotten, die sie trug, so unweiblich wie ein Militärstratege aus dem Pentagon. Die hohe Stirn und das straff zurückgekämmte Haar gaben ihrem Kopf einen betont männlichen Zug. Eine von den Frauen, die beruflich erreichen, was sie sich vornehmen, und am oberen Ende ihrer Erfolgsleiter auch noch ein Kind wollen, weil das traditionsgemäß zum Leben einer

Frau gehört wie die Kerzen auf dem Geburtstagskuchen.

»Wir leben, wie Sie sehen, in einem großen Haus mit großem Garten«, erklärte sie. »Was hier fehlt, sind Kinder oder, richtiger, ein Kind.« Sie nippte von ihrem Tee und blickte Linda an: »Wie alt sind Sie?«

»Zweiundzwanzig.«

»Mein Gott, wie jung. Was machen Sie beruflich?«

»Ich studiere noch.«

»Sie sind ledig, nehme ich an?«

»Aber ja, sicher.«

»Ich war auch einmal so wie Sie. Aber dann, nach dem Tod meines Vaters, musste ich die Leitung der Firma übernehmen. Da war keine Zeit mehr für Studien und Kinder. Später bekam ich keine, weder mit meinem ersten noch mit meinem zweiten Mann. Dann wurde mir die Gebärmutter entfernt. Meine Ovarien sind in Ordnung, aber ich kann kein Kind austragen.« Sie blickte durch die gläserne Terrassentür hinaus in den Garten und sagte: »Die Firma braucht dringend einen Nachfolger.«

Linda betrachtete sie im Profil und dachte: Selbst mit einer intakten Gebärmutter wäre diese plattbrüstige Flunder nicht in der Lage, ein Kind zu stillen, geschweige denn einen Mann zu befriedigen. Wie so eine wohl im Bett ist?

Mary Jefferson riss Linda mit folgender Frage aus

ihren Gedanken: »Sie kennen die Aufgabe einer Leihmutter?«

»Leihmutter?«

»Hat man Sie nicht aufgeklärt, was von Ihnen erwartet wird?«

»Nein, nicht so richtig.«

»Bei der artifiziellen Insemination wird ein befruchtetes Ei in die Gebärmutter der Leihmutter eingepflanzt. Die Angelegenheit ist völlig schmerzlos und bedarf keiner Operation. Es kann nur sein, dass es nicht beim ersten Mal klappt und wiederholt werden muss. Ihr Honorar beträgt 100 000 Dollar. Die Zahlung erfolgt in drei Raten: ein Drittel bei erfolgreicher Insemination, ein Drittel nach Ablauf der achtzehnten Schwangerschaftswoche und ein Drittel bei Lieferung, das heißt bei Geburt.«

Linda brachte vor Erstaunen kein Wort hervor.

»Sie sehen mich so besorgt an. Glauben Sie mir, Komplikationen wird es bei Ihrer Konstitution und Jugend nicht geben. Und falls doch, übernehme ich selbstverständlich die Arztkosten. Ansonsten werde ich mich nicht in Ihr Privatleben einmischen. Ist mein Angebot akzeptabel?«

»Ja schon, aber …«

»Aber was?«

»Das geht alles so schnell. Ich dachte …«

»Je eher, desto besser«, sagte Mary Jefferson. »Wir verfügen über eine ganze Reihe von befruchteten

Eiern, die darauf warten, eingepflanzt zu werden. Mein Lebenspartner ist Arzt. Er wird das erledigen, noch in dieser Woche, wenn Sie zustimmen.«

»Darf ich eine Nacht darüber schlafen?«

»Das ist Ihr gutes Recht.«

Beim Abschied sagte sie: »Sie gefallen mir. Sie gefallen mir sogar sehr. Ich hoffe, Sie werden mein Angebot annehmen.« Sie ließ ein Taxi kommen und bezahlte den Chauffeur im Voraus.

Linda fuhr wie in Trance durch den späten Nachmittag.

100 000 Dollar. Welch ein Angebot! Schade, dass das Ganze ein Missverständnis war. Die wollten kein Kind adoptieren, die suchten eine Leihmutter, einen Bauch für ihre Früchte und nicht einen Bauch, der bereits gefüllt war.

Später lief sie durch die Nacht, hockte im Park auf regennassen Bänken, starrte in den wolkenverhangenen Himmel. Das war alles eine idiotische Verwechslung. Aber, so sagte sie sich, vielleicht auch ein Wink des Himmels.

Wie war das doch mit dem Kuckuck? Legte der nicht sein Ei in fremde Nester, ohne dass es die Wirtseltern bemerkten?

Diese Leute wollen ihr Ei in mein Nest legen, so überlegte sie. Wie wäre es, wenn ich den Spieß umdrehe und mein Ei in ihr Nest lege? Eine verrückte Idee. Aber mit dem Instinkt der werdenden Mutter spürte sie, dass sie das richtige Nest für ihre Brut gefunden hatte. Eine Schwangerschaft unter solch günstigen Bedingungen schreckte sie weniger als eine Abtreibung. Ein Kind ohne Sorgen in sich heranreifen zu fühlen, war gewiss ein aufregendes Erlebnis, zumal das Kleine eine glänzende Zukunft vor sich hatte. Und dann waren da noch die 100 000 Dollar. Der Gedanke daran versetzte sie in Hochstimmung, so als hätte sie das Unmögliche bereits erreicht. Vor ihr lag der richtige Weg. Sie würde ihn gehen, egal wie.

Vor allem musste sie sofort handeln. Mit jedem Tag, der verstrich, wuchs der Fötus und damit die Gefahr, dass sich ihr Kuckucksei nicht mehr unbemerkt unterbringen ließ.

Als sie am anderen Morgen in der Villa Fenice anrief, meldete sich eine männliche Stimme am Telefon: »Ach, Sie sind es. Mary ist für ein paar Tage geschäftlich in Paris. Wenn Sie sich für uns entschlossen haben, sollten wir nicht länger warten. Sie sind bereit? Wie schön. Dann würde ich Sie bitten, noch einmal herzukommen, um die Einzelheiten der Insemination mit mir zu besprechen. Wann passt es Ihnen? Heute Abend? Ja, gut. Um acht.«

Linda nahm ein ausgedehntes Bad, wählte sorgfältig ihre Kleidung aus, betrachtete sich im Spiegel und sagte sich: Er wäre der Erste, der nicht anbeißt. Wie er wohl aussieht?

Eine erfolgsgewohnte Karrierefrau wie diese Mary

Jefferson würde sich auch bei ihrem Lebenspartner nicht mit dritter Wahl zufrieden geben. Der Stimme nach zu urteilen war er jünger als sie. Und gewiss war er auch attraktiver, wozu allerdings nicht viel gehörte. Als sie ihm dann gegenüberstand, fand sie ihre Annahme bestätigt. Er war ein gut aussehender Mann, Typ: großer Junge. Sonnengebräunt, schlank und mit strahlend blauen Augen unter dichtem Haarschopf. Er führte sie in eine Art Musikzimmer mit einem prächtigen Konzertflügel und bot ihr einen Sessel an: »Was möchten Sie trinken?«

»Ein Glas Wein.«

Er klappte den Konzertflügel auf. Linda blickte auf eine ganze Batterie von Flaschen. »Oh, mein Gott!«, entfuhr es ihr.

»Ja, ich finde das auch abscheulich«, sagte er. »Ein Bechsteinflügel, dem sie die Saiten herausgerissen haben, um eine Bar hineinzubauen. Die reinste Barbarei. Mögen Sie Musik?«

Und als sie seine Frage bejahte, fragte er: »Was wollen Sie hören?«

»Irgendetwas Passendes.«

Er legte den *Bolero* von Ravel auf und fragte: »Passt das?«

So begann der Abend. Sie tranken Rotwein, sprachen über sich und die Welt, hörten Musik.

Nach dem zweiten Glas Wein holte er ein Blatt Papier vom Schreibtisch: »Ich muss Sie bitten, das hier zu unterschreiben: der Vertrag zwischen Ihnen und uns.«

»Brauchen wir dafür einen Vertrag?«

»Es ist Ihre Einverständniserklärung, und schließlich geht es um einen nicht unerheblichen Betrag, von dem neuen Leben ganz zu schweigen.«

Sie überflog den Text. Es waren die gleichen Bedingungen, die sie tags zuvor schon zur Kenntnis genommen hatte.

Als sie unterschrieben hatte und er sein Glas erhob, sagte sie: »Darauf müssten wir eigentlich ein Glas Champagner trinken. Finden Sie nicht auch?«

»Aber ja, gewiss doch. Entschuldigen Sie.«

Er eilte aus dem Zimmer. Als er zurückkam, schwenkte er eine große Flasche Champagner in der Rechten: »Es ist der beste, den ich auftreiben konnte.«

Er ließ den Korken knallen und füllte die Gläser: »Auf unser Kind!«

»Unser Kind. Wie sich das anhört«, sagte Linda. »Aber Sie haben Recht. Es ist unser Kind.«

»Und weil es unser Kind ist«, hielt er ihr entgegen, »sollten wir das steife *Sie* weglassen. Ich heiße Albert. Prost, Linda!«

Sie tranken sich zu.

»Und wo bleibt der Brüderschaftskuss?«, fragte Linda lachend.

Sie küssten sich ein wenig zu innig und wohl auch

ein wenig zu lang. Sie mochten sich. Aus der Sympathie wurde rasch Zuneigung, Flirt und Verlangen. Weitere Küsse folgten.

»Du hast einen schönen Busen«, sagte er.

»Gefällt er dir?«

Sie knöpfte ihre Bluse auf und blickte ihm tief in die blauen Augen, während sie ihre Brüste aus dem Büstenhalter befreite. »Schau sie dir an. Sie sind wie gemacht für das, was wir vorhaben. Komm näher. Du wolltest mich doch untersuchen. Deshalb bin ich hier. Soll ich mich ganz ausziehen?«

Er war ein guter Liebhaber, viel zu schade für eine wie die Jefferson. »Weißt du«, sagte er etwas später noch außer Atem und mit dem Gesicht an ihrem nackten Busen, »weißt du, dass wir uns hiermit eine Menge Ärger ersparen?«

»Ersparen?«, fragte Linda ungläubig.

»Ja, ersparen.« Er richtete sich auf, zündete sich eine Zigarette an und erklärte: »Die Keime in meinem Kühlaggregat taugen nicht viel, künstlich besamte Eier, die einer schon ziemlich alten Mutter aus den Ovarien operiert werden mussten. Was kann dabei schon herauskommen? Nein, glaube mir, du bist nicht nur eine gute Leihmutter, sondern vor allem die viel bessere Mutter.«

Er nahm einen Zug von seiner Zigarette und meinte frivol lächelnd: »Auch die Art der Einpflanzung, wie wir das eben exerziert haben, ist besser als die künstliche. Und wenn es hier beim ersten Mal nicht klappt, so bereitet sogar die Wiederholung noch eine Menge Spaß. Um ganz sicher zu sein, sollten wir das Einpflanzen gleich noch einmal versuchen.«

Sie blieb über Nacht und den darauf folgenden Tag.

Beim Liebesspiel in der Badewanne fragte sie: »Und du glaubst wirklich, dass Mary nichts merkt?«

»Wie sollte sie? Sie bekommt das Kind, das sie sich wünscht. Du wirst es austragen. Ich habe es eingepflanzt. Alles ist genau so gelaufen, wie sie es gewollt hat. Na schön, es war nicht ihr Ei. Und das ist auch besser so. Diese außerplanmäßige Korrektur garantiert ihr einen gesunden Nachfolger für die Firma.«

Wenige Tage später teilte Linda ihm am Telefon mit: »Es hat geklappt. Stell dir vor, ich bin guter Hoffnung. Wir bekommen ein Kind. Ist das nicht großartig?!«

»So schnell?« Die Enttäuschung war nicht zu überhören. Er hätte gern noch ein wenig weitergepflanzt.

Dafür freute sich Mary bei dieser Nachricht umso mehr, obwohl sie eigentlich rein biologisch am wenigsten Grund dazu hatte.

Linda erhielt einen Scheck über 33 000 Dollar und fühlte sich so wohl, als hätte sie das große Los gezogen. Sie blühte wie ein Blumenbeet. Nie zuvor hatte sie solch einen prächtigen Busen besessen. Und dazu all die tollen Kleider, die sie sich dank ihres gefüllten

Bankkontos jetzt leisten konnte. Es war eine Lust zu leben!

Sie speiste mit gutem Appetit in guten Restaurants und genoss es, in Vernissagen und Theaterpremieren die Blicke der Menschen, besonders der Männer, auf sich zu ziehen.

So verging die Zeit wie im Flug.

Lindas Bauch begann sich zu wölben. Sie schlief lange, war ständig hungrig, auch nach Sex, ging aber allen männlichen Verlockungen aus dem Weg.

Ein paarmal hatte Albert angerufen, um sich nach ihrem Wohlergehen zu erkundigen: »Wie geht es dir? Soll ich nicht mal nach dem Kind sehen? Schwangere sollten sich regelmäßig untersuchen lassen, ob auch alles in Ordnung ist.«

»Bei mir ist alles in Ordnung.«

»Woher willst du das wissen?«

»Eine Frau spürt das.«

»Wir könnten bei der Gelegenheit feststellen, ob es ein Junge oder ein Mädchen ist.«

»Ich will das nicht wissen.« Vor allem jedoch wollte sie nicht, dass er herausfand, wie weit ihre Kuckucksschwangerschaft schon herangereift war.

Am Ende der achtzehnten Schwangerschaftswoche erhielt Linda einen Anruf von Mary Jefferson: »Die zweite Rate ist fällig. Aus diesem Anlass möchten wir Sie zum Abendessen einladen. Passt es Ihnen am Samstag?«

Es passte. Linda war zu diesem Zeitpunkt schon hochschwanger, denn sie befand sich ja nicht, wie ihre Auftraggeber glaubten, im fünften, sondern bereits im sechsten Monat.

Mary fiel das nicht weiter auf. Die Kunst des Kinderkriegens gehörte nicht zu ihrem Metier. Aber Albert betrachtete ihren Bauch so verwirrt, als könne nicht sein, was er sah.

Zu Mary sagte er: »Ich bin sicher, es wird ein Prachtkind werden.«

»Hast du etwas anderes erwartet, bei der Mutter?«, fragte Mary, und es war ganz offensichtlich, dass sie sich meinte und nicht Linda, die für sie bloß einen Job erledigte, einen gut bezahlten, wie der Scheck bewies, den sie Linda nach dem Dessert zuschob. »Weiter so!«, ermunterte sie Linda. »Der schwerste Teil der Strecke liegt noch vor uns.« Sie sagte wahrhaftig »vor uns«, so als würde sie das Kind zur Welt bringen.

»Du siehst aus, als wärst du schon im sechsten Monat«, meinte Albert, als er sie in seinem Porsche-Cabriolet nach Hause fuhr.

»Manche Frauen sind halt schnelle Brüter«, lachte Linda. »Aber ist das ein Wunder bei dem rasanten Vater?«

Ein liebevoller Blick genügte, und das Misstrauen war verflogen.

»Freust du dich auf das Kind?«, fragte Linda.

»Ich weiß nicht.«

»Das klingt nicht gerade enthusiastisch.«

»Ich glaube, ich bin kein guter Vater.«

»Warum willst du es dann?«

»Mary will es. Die Firma braucht einen Erben.«

Und du, dachte Linda, du brauchst ein Kind, damit es dir nicht so ergeht wie den ausrangierten Exgatten deiner Frau. Nichts fesselt zwei Menschen mehr aneinander als ein gemeinsames Kind. Als Krankenhausdoktor würdest du nicht diesen tollen Wagen fahren und auch nicht in der Villa Fenice wohnen.

Aber natürlich sprach sie nicht aus, was sie dachte. Stattdessen sagte sie: »Ich freue mich auf das Kind.«

Die letzten Wochen vor der Niederkunft verbrachte Linda daheim auf ihrem breiten Bett. Sie hörte Musik, las oder verschlief die Zeit. Sie vermied jede Anstrengung und tat alles, um die Geburt so lang wie möglich hinauszuzögern. Es würde eh schon ein Achtmonatskind werden.

Am ersten Advent frühmorgens, völlig unerwartet, setzten die Wehen ein. Der Krankenwagen, den sie gerufen hatte, fuhr sie mit lautem Sirenengeheul ins nächste Hospital. Hier kam sie kurz nach ihrer Ankunft nieder.

»Ein Junge«, sagte die Hebamme und wollte ihr das Neugeborene an die Brust legen. »O Gott«, rief sie, »was ist denn das? Da kommt ja noch einer! Ein Zwilling!«

Am Nachmittag kam Albert mit einem großen Blumenstrauß. Er betrachtete die Babys und stellte fest: »Das sind die größten Achtmonatskinder, die mir je unter die Augen gekommen sind.«

»Ganz der Papa«, meinte die Schwester, die Albert die Blumen abnahm, um sie in die Vase zu stellen. »Unverkennbar der Vater.«

Später am Tag erschien auch Mary. Sie überreichte Linda den letzten Scheck in einem weißen Umschlag: »Ich freue mich, dass alles so gut gegangen ist. Wer von den beiden ist der Erstgeborene?«

»Der hier.«

Sie hob den Kleinen auf und wiegte ihn in ihren Armen: »Ein prächtiger Knabe. Ich bin der Meinung, Sie sollten ihn noch stillen, bis ich eine geeignete Amme gefunden habe. Ich würde ihn am liebsten gleich mitnehmen.«

»Und das andere?«, fragte Linda.

»Wieso das andere? In dem Vertrag steht, dass Sie ein Kind für mich austragen sollen, ein Kind.«

»Und das andere?«

»Das habe ich nicht bestellt.«

»Und was soll jetzt werden?«

»Das ist Ihr Problem.«

»Sie können doch nicht ...«

»Doch, ich kann.«

So kam es zum Prozess. Der Anwalt, den Linda mit der leidigen Streitsache betraut hatte – sie verfügte jetzt ja über das Geld für einen erstklassigen Anwalt –, vertrat die Ansicht, Mary Jefferson und ihr Gatte seien als die biologisch-leiblichen Eltern für die Kinder voll verantwortlich, ungeachtet irgendwelcher Verträge, die da abgeschlossen worden seien. Der gegnerische Anwalt hielt dagegen, dass der Leihmutter ein einzelnes Ei eingepflanzt worden sei. Die Teilung in zwei Föten habe erst in ihrem Leib stattgefunden. Somit sei sie die Verursacherin und als solche für den entstandenen Schaden (in Anführungsstrichen) verantwortlich.

Am Ende kam es zu einem Vergleich, mit dem alle Beteiligten zufrieden waren: Mary Jefferson bekam ihren Sohn – und nur ihn –, wie sie es gewollt hatte. Linda behielt den anderen Zwilling. Weil der jedoch das leibliche Kind der Jeffersons war, wurden diese dazu verpflichtet, an Linda Alimente zu zahlen.

So kam es, dass eine ledige Mutter mit einem Kind unbekannter Vaterschaft von Menschen, die mit diesem Fehltritt nichts zu schaffen hatten, 100 000 Dollar in bar erhielt und obendrauf noch ein monatliches Salär von beträchtlicher Höhe.

Linda erschien das alles wie ein Wunder, kein Wunder der unbefleckten Empfängnis, aber eine wundervolle Geburt war es allemal.

Vierbeinige Fundsache

Der Polizist Alois Huber saß hinter seiner Schreibmaschine und tippte mit einem Finger den Unfallbericht, den er am Morgen aufgenommen hatte. Eine Mutti hatte einer anderen Mutti beim Einparken vor dem Supermarkt eine Schramme verpasst.

Es war immer dasselbe. Die Zeitungen berichteten von unglaublichen Verbrechen: Banküberfälle, Rauschgiftschmuggel, Morde. Autos wurden geklaut, Frauen vergewaltigt, Kinder missbraucht, und er musste sich mit Blechschäden und anderen Bagatelldelikten herumärgern.

Die Verbrechensbekämpfung war zur Verfolgung von Verkehrssündern verkommen, was gewiss nicht zuletzt daran lag, dass sich Autofahrer leichter einfangen ließen als Räuber. Kein Mensch erwartete von einem Mörder, dass er nach begangener Tat neben der Leiche verharren würde, bis die Kripo einträfe. Aber ein Autofahrer, der eine Beule verursacht hatte, durfte sich nicht von der Stelle rühren. Fahrerflucht wurde um ein Vielfaches höher bestraft, als der angerichtete Lackschaden am Ende kosten würde.

Der Polizeibeamte wollte sich gerade eine Zigarette anzünden, als die Tür aufging und ein Mann mit einem Kalb hereinpolterte. Alois Huber erhob sich und griff nach seiner Mütze, die er stets aufsetzte, wenn er im Dienst war.

»Was kann ich für Sie tun?«

»Dieser Hund hier ist mir zugelaufen.«

Der Beamte beäugte das Tier, das er für ein Kalb gehalten hatte. Es war ein hochbeiniger Hund mit Schlappohren und Sabbermaul, aus dem die Zunge heraushing wie ein roter Schlips.

»Zugelaufen ist Ihnen dieser … Was ist das überhaupt für eine Rasse?«

»Keine Ahnung. Ich verstehe nichts von Hunden. Er liegt seit gestern vor meiner Haustür und lässt sich nicht vertreiben.«

Huber näherte sich dem Hund behutsam und fragte: »Beißt er?«

»Nein. Er ist sanft wie ein Lamm.«

»Haben Sie mal auf seine Hundemarke geschaut?«

»Er hat keine. Sieht aus, als wäre sie abgerissen worden.«

Der Mann, ein grauhaariger Dicker im Rentenalter, wies auf das lederne Halsband: »Sehen Sie hier.«

»Und was soll ich jetzt mit diesem…«, Huber ging ein wenig in die Knie, um den Unterleib des Hundes in Augenschein zu nehmen, »…mit diesem Rüden machen? Ich habe hier gar keinen Platz für solch ein Riesenvieh.«

»Das ist Ihr Problem«, meinte der alte Herr. »Ich erfülle nur meine Bürgerpflicht und bringe Ihnen eine Fundsache.«

»Schöne Fundsache«, sagte der Polizist. Er holte ein Formular aus dem Aktenschrank, trug Name und Adresse des Finders ein.

»Haben Sie ihm schon was zu fressen gegeben?«

»Nein.«

»Was frisst denn so ein Hund?«

»Alles, was wir auch essen, am liebsten aber doch wohl Fleischiges.«

»So, wie der ausschaut, frisst der leicht einen ganzen Kalbskas.«

»Der frisst auch zwei«, sagte der Dicke und wünschte dem Polizeibeamten einen schönen Tag. Der rief dem Scheidenden noch hinterher: »Sie wissen ja, wenn eine Fundsache nicht abgeholt wird, gehört sie dem Finder.«

»Aber erst nach einem Jahr.«

Alois Huber hatte noch nie einen Hund besessen. Er kam sich vor wie ein frisch gebackener Vater, den man mit dem Säugling auf dem Arm allein lässt. Wie behandelt man einen Hund? Darüber stand nichts in den Dienstvorschriften. Es gab eine Polizeihundestaffel im Westteil der Stadt. Die könnte er fragen. Vielleicht würden sie den Köter auch übernehmen. Zunächst einmal muss ich ihn versorgen, sagte sich Huber. Er füllte den größten Aschenbecher der Wache mit Wasser und sah zu, wie der Hund ihn ausschlabberte, dreimal hintereinander. Dann stellte der sich auf die Hinterpfoten und leckte seinem Gönner mehrmals das Gesicht, eine Liebesbezeugung, die einem deutschen Polizisten im Dienst nur selten zuteil wird. Wenn hier vom Lecken die Rede ist, dann höchstens am anderen Ende des Körpers.

In diesem Augenblick betrat der Kollege Knollmann die Wache: »Was ist denn hier los? Ist das deiner?«

»Der wurde eben gebracht. Fundsache.«

»Da habt ihr zwei euch aber schnell angefreundet. Ist der zu allen so zutraulich?«

Ein drohendes Knurren war die Antwort. Der Ton war unverkennbar: Komm bloß nicht näher!

»Mich mag er anscheinend nicht so sehr«, meinte Knollmann. »Ich glaube, du legst ihm besser Handschellen an.«

Huber machte den Hund mit Hilfe einer Wäscheleine fest: »Ich bin sofort wieder da.« Er eilte zu der Tierhandlung gleich um die Ecke und besorgte einen Karton voll Hundefutter. An der Wand hing eine Schautafel mit den gängigen Hunderassen. Die Reihe begann oben links mit den Kleinsten und endete ganz unten mit den Riesen. Der Vorletzte sah so aus wie der Hund auf der Wache. Berner Sennhund stand darunter.

»Prächtige Rasse«, meinte der Verkäufer, als Huber ihn fragte, was er vom Sennhund hielt.

»Mir ist einer zugelaufen«, sagte Huber.

»Hat er keine Hundemarke am Halsband?«

»Ist abgerissen.«

»Der Besitzer wird sich melden. Solch ein edles Tier lässt man nicht einfach laufen.«

»Was würden Sie unternehmen, wenn Ihnen der Hund abhanden gekommen wäre?«

»Ich würde eine Anzeige in der Tageszeitung aufgeben, mit Belohnung.«

Der nächste Tag verging. Keiner meldete sich.

»In der Zeitung kann noch nichts stehen«, sagte Huber. »So schnell geht das mit den Annoncen nicht.«

Aber auch am Tag darauf erschien keine Suchmeldung im Stadtblatt. Es gab weitere Blechschäden und Unfallmeldungen, aber keine Nachfrage nach einem Sennhund.

»Wenn sich morgen keiner meldet, bringe ich ihn

ins Tierheim«, sagte Huber, dem der Bazi, wie er den Hund nannte, richtig ans Herz gewachsen war. Und auch der Hund schien sich auf der Wache wohl zu fühlen, als wäre er daheim. Er lag unter dem Schreibtisch und knurrte gefährlich, wenn einer die Wachstube betrat. Am Morgen des vierten Tages erschien eine alte Dame in der Polizeistation. Bevor sie ihr Anliegen vorbringen konnte, sprang der Bazi an ihr hoch und stimmte solch ein Jubelgeheul an, dass sich alle weiteren Fragen erübrigten.

»Er ist mir im Stadtpark weggelaufen«, sagte sie. »Eine läufige Hündin. Ach, ich bin ja so froh, dass Sie ihn bei sich aufgenommen haben. Ich hoffe, er hat Ihnen keine Scherereien gemacht.«

»Nein«, sagte Huber. »Er ist ein lieber Hund.«

»Ja, das ist er.«

Sie holte eine Hundeleine aus der Handtasche und machte ihren Liebling daran fest: »Bin ich Ihnen etwas schuldig?«

»Nein, nein«, meinte Huber. »Ist schon gut.«

»Siehst du«, sagte die alte Dame zu ihrem Hund, »die Polizei, dein Freund und Helfer.«

Hinter der nächsten Straßenecke wartete der alte Herr, der den Hund gebracht hatte. Er sagte zu seiner Frau: »Ich wusste, es war eine gute Idee. Wenn wir das nächste Mal verreisen, bringe ich ihn wieder zu irgendeiner Wache, und du holst ihn ab. Polizei ist besser als Tierheim, und billiger ist es auch.«

Die Hellseherin

Die Ehe ist eine belagerte Festung, sagen die Russen. Die, die draußen sind, wollen hinein, und die, die, drinnen sind, wollen raus. Rebecca war eine von denen, die hineinwollten. Sie war das Alleinsein leid.

Sie blickte in den Spiegel und dachte: Es wird Zeit, altes Mädchen, dass du unter die Haube kommst. Du hast zwar noch alles, was du vor zwanzig Jahren hattest, es hängt nur ein wenig tiefer. Sie puderte ihre Wangen und meinte: Gesichter können mogeln, aber meine Backen, und dabei kniff sie sich ins angewelkte Hinterteil, vermögen ihr wahres Alter nicht länger zu verbergen. Sie feierte seit fünf Jahren ihren fünfunddreißigsten Geburtstag. Wie hatte Heinrich Heine gesagt: »Der Körper einer jungen

Frau ist Gottes vollkommenste Schöpfung. Er hätte ihn halt nur mit längerer Haltbarkeit ausstatten sollen.« Wie Recht er hatte! Rebecca brauchte einen Mann, bevor ihr Verfallsdatum abgelaufen war.

Wer klettern will, muss nach den Ästen und nicht nach den Blüten greifen. Von Blüten hatte sie die Nase voll. Wo war der kräftige Ast, an dem sie ihr Lebensglück aufhängen konnte?

Die meisten Äste waren entweder alt und morsch oder wertloses Unterholz, Besenbinderreisig. Die guten waren alle in festen Händen, und an eine Trauerweide oder Krüppelkiefer wollte sie ihr Herz nicht hängen. Dann lieber Single.

Auf einer Vernissage entdeckte sie endlich den richtigen Ast zum Aufhängen, zum Aufhängen ihres Lebensglücks. Er hielt ihre alte Schulfreundin Elsa im Arm und sah auffallend gut aus.

»Darf ich dir Ernest vorstellen?«

Sie durfte.

Er begrüßte sie mit festem Händedruck und blickte ihr tief in die Augen, aber noch tiefer in den Ausschnitt ihres Kleides. Wenn er lachte, blitzten seine Zähne wie die Zahnpastareklame im Fernsehen. Und er lachte oft und laut. Das Grübchen in seinem kantigen Kinn war umwerfend männlich wie alles an ihm.

»Sag mal, wo hast du denn diesen tollen Knaben aufgegabelt?«, fragte Rebecca, als Ernest loszog, um neue Drinks herbeizuschaffen.

»Wenn ich dir das erzähle, wirst du mir nicht glauben.«

»Erzähl es mir trotzdem!«

»Eine rumänische Wahrsagerin hat ihn mir besorgt.«

»Sag mal, willst du mich verarschen?«

»Ich wusste, du würdest mir nicht glauben, aber es ist die Wahrheit.«

»Erzähl!«

»Sie heißt Elena Tatjana Tretschkov. Sie hat meine Handlinien studiert und mir die Karten gelegt: Gehen Sie am ersten Samstag des kommenden Monats ins Café Kranzler, und Sie werden dort gegen vier Uhr nachmittags den Mann Ihres Lebens treffen, hat sie mir geraten.«

»Und den Unsinn hast du ihr geglaubt?«

»Nein, aber ich bin trotzdem hingegangen. Und da saß er, genau so, wie die Alte ihn mir beschrieben hatte.«

»Das gibt es doch nicht.«

»Doch, das gibt es.«

Ernest kehrte zurück. Und Elsa steckte ihrer Freundin einen zusammengefalteten Zettel zu: »Das ist ihre Adresse. Viel Glück.«

Zwei Wochen später bekam Rebecca einen Termin, abends um acht Uhr dreißig. Und das auch nur, weil eine andere Klientin kurzfristig abgesagt hatte. Elena Tatjana war offensichtlich eine gefragte Prophetin.

Sie residierte im ersten Stock über einer Bank am Kurfürstendamm. Ein weißbärtiger Alter im Kosakenkittel empfing Rebecca an der Tür, nahm ihr den Mantel ab und führte sie in einen abgedunkelten Raum. Über einem Kohlebecken schwelten Räucherkerzen, die einen klebrig süßen Duft verbreiteten.

Als sich Rebeccas Augen an die Dunkelheit gewöhnt hatten, sah sie die Hellseherin. Sie hockte in ihrem Lehnstuhl wie ein Uhu. Eine Hornbrille verlieh ihren Augen etwas Eulenhaftes. Sie winkte Rebecca herbei und gab mit einem Kopfnicken zu verstehen, dass sie sich setzen sollte. Dabei legte sie den Zeigefinger an die Lippen zum Zeichen des Schweigens. Rebecca versuchte ihrem Blick auszuweichen. Die Eulenaugen hielten sie fest, betasteten sie, durchbohrten sie. Die Stille war erdrückend. Da war nur das Klopfen ihres Herzens.

»Ich bin zu Ihnen gekommen …«

»Ich weiß, warum Sie zu mir gekommen sind.« Die Alte blickte in die Glaskugel, die vor ihr auf dem Tisch stand. »Ich sehe ihn. Da ist er.«

»Wer ist da?«

»Der Mann, nach dem Sie Ausschau halten. Sie werden ihm begegnen, schon bald.«

»Wann und wo?«

»Das liegt in den Sternen. Wann haben Sie das Licht der Welt erblickt?«

»Am 14. Januar.«

»Steinbock – das ist gut. Ja, sehr gut.« Sie griff nach einem Taschenrechner neben der Kristallkugel und kritzelte lange Zahlenreihen auf ein Blatt Papier. Dabei bewegte sie die Lippen, als spräche sie mit sich selbst: »Ja, das ist es, auf der Insel. Hier werden Sie ihm begegnen.«

»Auf welcher Insel und wann?«

»Wenn Sie in drei Tagen wiederkommen, werde ich es Ihnen sagen.« Sie erhob sich zum Zeichen, dass die Vision, wie sie das nannte, vorüber war. Im Vorzimmer wartete schon die nächste Klientin. Der Kosake, der Rebecca den Mantel brachte, kassierte hundert Euro – hundert Euro für eine viertelstündige Traumtänzerei. Wie kann man nur so dämlich sein, dachte sie, als sie wieder auf dem Kurfürstendamm stand.

Am Abend rief Elsa an: »Bist du bei ihr gewesen?«

»Ja.«

»Und, wie war's?«

»Ich weiß nicht.«

»Was weißt du nicht?«

»Ich trau dem Schwindel nicht.«

»Schwindel? Das ist kein Schwindel. Schau mich an! Ich bin der lebendige Gegenbeweis. Weißt du, wo ich gerade bin? Im Bett. Und weißt du, mit wem? Ich sage dir, er ist jeden Euro wert, den ich der alten Eule bezahlt habe.«

Drei Tage später saß Rebecca wieder in dem abgedunkelten Zimmer über der Bank.

»Ich habe gute Nachrichten für Sie«, erklärte Elena Tatjana. »Sie werden den Mann, den Sie suchen, schon morgen treffen, morgen auf der Museumsinsel vor dem Parthenonfries.«

»Aber ...?«

»Aber was?«

»Dort werden viele Männer sein. Woher weiß ich, welcher der richtige ist? Woran erkenne ich ihn? Wie sieht dieser Mensch überhaupt aus? Und was ist, wenn er mich nicht ...«

»Sie fragen zu viel«, unterbrach sie die Alte. Sie starrte in ihre Glaskugel und sagte mit beschwörender Stimme: »Der Mann, den Ihnen das Schicksal zugedacht hat, ist morgen Nachmittag im Pergamon-Museum. Er wird um 16 Uhr 30 vor dem Fries stehen und die Skulpturen betrachten. Die Nacktheit der griechischen Göttinnen wird seine erotische Phantasie so beflügeln, dass Sie leichtes Spiel haben werden.«

»Und Sie sind sicher, er wird mich mögen?«

»Ja, vor allem, wenn Sie ein helles Kleid tragen. Er mag Frauen in Kleidern lieber als in Hosen.«

»Und wie soll ich mich verhalten?«

»Lassen Sie Ihren Museumsführer fallen. Er wird ihn aufheben und Sie ansprechen.«

»Wie sieht er aus?«

»Ich kann sein Gesicht nicht erkennen. Aber er ist schlank und trägt einen hellen Sommeranzug mit einer roten Krawatte.«

»Und das sehen Sie alles in dieser Glaskugel?«, fragte Rebecca ungläubig.

Elena Tatjana überhörte die Frage. Starr wie ein heidnisches Götzenbild thronte sie in ihrem Lehnstuhl, den Blick nach innen gekehrt, unansprechbar. Eine Pythia des 21. Jahrhunderts.

Als Rebecca in der Tür war, sagte sie: »Erzählen Sie ihm nie, dass Sie bei mir waren. Lassen Sie ihm den Glauben, dass er Sie entdeckt hat. Männer mögen das.«

Zwei Stunden später sagte Elena Tatjana zu dem Mann, der ihr gegenüber saß: »Ich habe gute Nachrichten für Sie. Ich sehe sie: Die Frau, die Ihnen das Schicksal zugedacht hat. Sie werden ihr morgen im Pergamon-Museum begegnen, um 16 Uhr 30 vor dem großen Fries der Götter. Sie wird ein helles Kleid tragen.«

»Werde ich ihr gefallen?«

»Ja, besonders in einem hellen Anzug mit roter Krawatte. Das mag sie.«

»Und was mag sie noch?«

»Erzählen Sie ihr nie, dass Sie bei mir waren. Lassen Sie ihr den Glauben, dass es Liebe auf den ersten Blick war. Frauen brauchen das.«

Und wenn die beiden nicht darüber reden, werden sie davon überzeugt sein, dass ihnen ein Wunder widerfahren ist. Aber ist nicht alle Liebe ein Wunder?

Flugangst

Er saß im höchsten Gebäude der Stadt hinter seinem Schreibtisch und las in der Morgenzeitung. An einer Schlagzeile blieb sein Blick hängen: FLUGZEUGABSTURZ ÜBER DER TÜRKEI. 188 TOTE. ZERSCHELLT AN EINEM BERG. Die Trümmer der Boeing und die Leichenteile der Passagiere lagen weit über der Unglücksstelle verstreut. Natürlich gab es keine Überlebenden. Gott sei Dank! Wie die wohl ausgesehen hätten. Ihm grauste bei der Vorstellung. Wie konnten Menschen nur so leichtsinnig sein und sich in ein Geschoss stecken lassen, das mit tausend Stundenkilometern, ja sogar schneller als der Schall, dahinraste, vollgetankt mit hochexplosivem Brennstoff, gelenkt von Piloten, die vielleicht einen Augenblick lang unkonzentriert waren, krank oder lebensmüde. Menschliches Versagen stand dann in der Zeitung. Oder was, wenn nur ein Teilchen von der komplizierten technischen Apparatur nicht funktionierte? Jeder, der mit Technik zu tun hat, weiß, wie schnell da etwas kaputtgeht. Erst heute Morgen hatte sein Wecker versagt. Und hier im Büro war sein Diktiergerät, obwohl brandneu, ausgefallen. Nein, weiß Gott, auf technisches Gerät konnte man sich nicht verlassen. Das war zerbrechlich wie das Leben, wie das Leben der hundertachtundachtzig Menschen, deren Leiber jetzt in der Türkei zerfetzt worden waren, weil sich ein elektrischer Kontakt gelöst oder der Pilot auf den falschen Knopf gedrückt hatte oder ein Drähtchen durchgebrannt war.

Nein, für kein Geld der Welt würde er sein Leben einem Flugzeug anvertrauen. Dabei war er durchaus kein ängstlicher Typ. Als Student hatte er Rugby gespielt. Er war ein guter Reiter und Skiläufer. Im Geschäftsleben erforderte der harte Konkurrenzkampf Entscheidungen, die den meisten Menschen riskanter vorgekommen wären als ein Flug von New York nach Washington.

Aber nicht mit mir, dachte er, nein, nicht mit mir.

Seine sterblichen Überreste sollten nicht in einer türkischen Wüstenei eingesammelt werden. Er würde, wenn es einmal so weit war, eine anständige Feuerbestattung bekommen, so wie alle seiner Sippe, fast alle.

Er hatte noch in den Windeln gelegen, als sein Vater bei einem Flugzeugabsturz ums Leben gekommen war. Ein Bruder seines Vaters hatte als Bomberpilot in Vietnam dran glauben müssen. Und ein Cousin mütterlicherseits, den es nach Südafrika verschlagen hatte, war mit seinem Flugzeug ins Meer gestürzt.

So wie es Familien gab, deren Schicksal es war, am Herzinfarkt zu sterben oder vom Krebs gefressen zu werden, so gab es auch Familien, denen es bestimmt war, durch Flugzeuge ums Leben zu kommen. Sein Damoklesschwert war eine fliegende Maschine, und weil er das erkannt hatte, reiste er selbst nach Europa wie zu Großvaters Zeiten mit dem Schiff. Die meisten Menschen hatten jedes Gefühl für schicksalsmäßige Bedrohung verloren. Sie schenkten dem Wetter und der Börse mehr Aufmerksamkeit als ihrem Karma.

»Höhenangst«, hatten die Psychiater diagnostiziert. Aber es war nicht die Höhe. Es machte ihm nichts aus, einen hohen Turm zu besteigen und von oben hinunterzublicken, so wie jetzt durch das Fenster seines Büros auf der achtundachtzigsten Etage. Solange ich mit der Erde verhaftet bin, ist alles in Ordnung. Aber sowie ich den Boden unter den Füßen verliere, gerate ich in Panik.

»Das kriegen wir in den Griff«, hatten seine Psychiater gemeint. Mit Hypnose hatten sie ihn behandelt, mit Akupunktur, mit Drogen und Spritzen unmittelbar vor dem Flug. Nichts hatte geholfen. Alle Mühe war vergeblich gewesen.

Kaum hatte der Flieger abgehoben, da überfiel ihn die Angst wie ein epileptischer Anfall: Herzrasen, Ohnmacht, Erbrechen. Es war immer dasselbe. Wenn alle Passagiere von Bord gegangen waren, wurde er hinausgetragen, unfähig, noch einen einzigen Schritt zu tun, besudelt mit Erbrochenem.

Mein Gott, wie beschämend waren diese Versuche. Wie ein Vollidiot war er sich vorgekommen. Am Ende hatte er sich gesagt: Du bist nicht verrückt; verrückt sind die anderen, die sich in den Himmel schießen lassen wie Laborratten der Weltraumforschung. Seit Millionen Jahren war der Mensch fest mit der Erde verhaftet. In der Luft hatte er nichts verloren. Als die Babylonier mit ihrem Turm den Himmel erobern wollten, empfand das Gott als Hybris. Er bestrafte die nackten Affen, die sich anmaßten, sein Ebenbild sein zu wollen, indem er ihre Sprache verwirrte, sodass sie lallten wie die Tiere.

Wenn der Allmächtige sich schon durch das mickrige babylonische Türmchen beleidigt fühlt, wie sehr müssen ihn dann unsere Wolkenkratzer und unsere Luftfahrt erzürnen, die sich im Himmel breit machen, als gehörte er nicht länger den Himmlischen, sondern uns, so dachte der Mann.

Düsenlärm unterbrach seinen Gedankengang.

Empörend, wie niedrig diese Maschine flog.

Er eilte zum Fenster. Wie eine silbrige Zigarre glitt die Verkehrsmaschine vorüber. Fast in Augenhöhe. Dann entzog sie sich seinem Blick, und das Motorengeräusch verebbte. Kurz darauf schwoll es wieder an, wurde lauter und lauter. Er taumelte zurück, stürzte voller Panik rücklings über den Schreibtisch. Das Datum im Kalender war das Letzte, was er sah: der 11. September 2001.

Fast ein Liebesbrief

An einem Winterabend, während die Welt im Schnee versank, saß ein Mann mit grauen Schläfen hinter seinem Schreibtisch, vor sich ein Blatt Papier, so weiß wie die Schneeflocken, die gegen sein Fenster wirbelten. Er griff zum Füllfederhalter und schrieb:

Mein lieber Vater,
es ist lange her, dass ich dir einen Brief geschrieben habe. Ich glaube, es war aus dem Schullandheim von der Nordsee. Weißt du noch? Mein Taschengeld hatte nicht gereicht.

Hast du mir eigentlich je einen Brief geschrieben, einen richtigen Brief? Ich erinnere mich nur an Grüße auf Postkarten, von irgendwo weit weg. Wir haben beide lieber zum Telefon gegriffen, später nicht einmal mehr das.

Du hattest keine Zeit für deinen Jungen. Dann hatte ich keine Zeit für meinen Alten. Es gab immer Dinge, die wichtiger waren. Vielleicht lag es auch daran, dass wir uns nie verstanden haben. Du hieltest mich für einen Versager. Und ich wollte nie so werden wie du.

Für dich kam immer erst die Firma. Ihr hast du deine ganze Zeit gewidmet. Am Ende wollte Mutter die Scheidung. Wir Kinder hatten uns längst von dir getrennt, aber eigentlich nicht einmal das, denn da gab es nichts zu trennen. Du hast uns nie gehört. Irgendwo habe ich mal gelesen: Wohlstand ist eine gute Grundlage, aber kein Leitbild für Lebensgestaltung.

Zum Schulabschluss hast du mir gesagt: Das Leben der Menschen ist wie das Leben der Vögel. Wenn der große Tag kommt, muss jeder allein fliegen.

Ich bin durch die Welt geflogen mit Studentenvergünstigungen und Last-Minute-Flügen, frei wie ein Vogel. Ich habe gelebt, und du hast Kohle gemacht. Mein Wahlspruch lautete: Ich bin, und ich hoffe, es immer mehr zu werden.

Ich war glücklich. Aber wir Menschen wollen nicht nur glücklich sein, sondern glücklicher als die anderen. Das ist deshalb so schwer, weil wir die anderen oft für glücklicher halten, als sie sind.

Ich habe geheiratet, habe mich selbstständig gemacht. Kinder kamen, für die ich keine Zeit hatte. Der Konkurrenzkampf war hart. Meine Ehe litt darunter, wurde schlechter und schlechter. Barbara wollte die Scheidung. Ich verteidigte mich mit den gleichen Argumenten, wie du sie gebraucht hast, um dich vor Mutter zu rechtfertigen. Meine Familie verstand mich nicht. Vor lauter Einsamkeit habe ich mit dem Saufen angefangen, genau wie du damals. Wie abscheulich fand ich das an dir. Wenn Sie so weitermachen, meinte mein Arzt, werden Sie nicht alt. Spielen Sie Golf! Bewegen Sie sich an der frischen Luft! Es gibt nichts Besseres in Ihrem Alter.

So kam ich zum Golf. Ich und Golf! Mein Gott, wie spießig kamst du mir vor, wenn du in deinen Golfklub gefahren bist. Weißt du noch, wie ich zu dir gesagt habe: Erwachsene treiben kleine Bälle kilometerweit vor sich her, stundenlang durch künstliche Landschaften – das ist der Gipfel der Dekadenz!

Dann habe ich mich in eine sehr viel jüngere Frau verliebt. Mir fiel ein, wie furchtbar ich das fand, als du Sabine kennen gelernt hast. Wie kann man nur! Ein Mädchen, das fast deine Tochter hätte sein können!

Mein Sohn macht mir jetzt die gleichen Vorhaltungen.

Vor ein paar Tagen habe ich die grauen Haare an meinen Schläfen entdeckt und mich lange im Spiegel betrachtet. Dein Gesicht hat mich angeblickt: die gleichen großen blauen Augen, die irgendwie nicht mitaltern wollen. Selbst mein Lachen habe ich von dir. Ich werde dir immer ähnlicher. Und je älter ich werde, umso mehr mag ich dich.

Alle sprechen von der Liebe auf den ersten Blick. Aber gibt es nicht auch so etwas wie die Liebe, die lange braucht, ehe sie erwacht?

Ich war nie gut im Schreiben von Liebesbriefen, aber du sollst wissen, Vater: Das hier ist einer.

Der Mann mit den grauen Schläfen faltete das beschriebene Blatt und steckte es in einen blauen Umschlag. Darauf schrieb er:

An den Zentralfriedhof München

Grabstätte Nr. 892

Leichen im Laden

Seine Story klingt wie eine blutige Moritat aus den Anfängen des Wilden Westens, als Sundance Kid, Butch Kassidy und die Söhne der Cathy Elder ihre Schießeisen so häufig benutzten wie wir heute unsere Kugelschreiber.

Onkel Sam, mit bürgerlichem Namen Harry Sam, besitzt in Braamfontein, einem Stadtteil von Johannesburg in Südafrika, einen Kolonialwarenladen. Dieser Laden scheint auf Einbrecher eine Anziehungskraft auszuüben wie Kerzenlicht auf Motten. Die Diebe, weißer wie auch schwarzer Hautfarbe, müssen wohl in dem Laden von Onkel Sam so etwas wie einen Wallfahrtsort ihrer zwielichtigen Zunft sehen, denn sie steigen dort ein und aus wie in einer

Absteige. Das heißt, sie steigen nur ein, denn der nächtliche Besuch bei Onkel Sam ist wie eine Einbahnstraße. Es gibt kein Zurück. Dass das so ist, liegt an dem simplen System von Onkel Sam, das besser funktioniert als alle Alarmanlagen der Welt.

Er schläft im ersten Stock über dem Café, und zwar tief und fest, wie er den Journalisten jedes Mal berichtet. Unten im Laden zwischen leeren Coca-Cola-Flaschen und brummenden Kühlboxen lauert sein treuer Schäferhund Askari.

Wenn nun ein Einbrecher kommt, so würde ein gewöhnlicher Hund bellen, seinen Herrn aufwecken und den Dieb verjagen. Aber Onkel Sams vierbeiniger Nachtwächter ist kein gewöhnlicher Hund. Er besitzt die Fähigkeiten eines guten Jagdhundes, der das Wild wittert, lautlos meldet und auf den Fangschuss wartet.

Wenn der Einbrecher im Revier des Onkel Sam erscheint, so trabt der Hund auf leisen Pfoten zu seinem Herrn im ersten Stock und stupst ihn mit der feuchten Nase ins schlafende Gesicht. Onkel Sam erwacht und weiß, dass es zum Halali geblasen hat. Er greift zum Gewehr und lädt es. Auf der Patronenschachtel steht: Für Großwild.

Wenn er sich dann nach unten pirscht, so ist der Rest der nächtlichen Safari eigentlich nur noch eine Frage der richtigen Anbringung des Schusses, denn ein Waidmann, der dem Wild nicht mit dem ersten

Schuss das Lebenslicht ausbläst, ist kein Hubertusjünger, sondern ein Sonntagsjäger. Und das ist Onkel Sam weiß Gott nicht.

Er hat zehn Einbrecher erschossen. Zehnmal sprach seine Donnerbüchse, und zehnmal wälzte sich ein Bösewicht in seinem Blut. Zehnmal bemühte Onkel Sam den Leichenwagen, und er ist stolz darauf, dass es nicht der Krankenwagen war. Wenn man bedenkt, dass Onkel Sam weder im Polizeieinsatz noch im Militärdienst handelte, sondern als Privatmann, so ist er wohl weltweit der absolute Schützenkönig für Menschenabschüsse.

Am 17. Dezember 1968 fiel ein Schatten auf sein olympisches Glück. Er leistete sich einen Fehler, und es schien so, als käme der alte Menschenjäger mit dem Gesetz in Konflikt. An dem Tag – es war genau eine Woche vor dem Heiligen Abend – versuchte der siebzehnjährige Benjamin Krüger angeblich in den Laden von Harry Sam zu gelangen. Ob der Junge Appetit auf gefrorene Erdbeeren aus der Tiefkühltruhe hatte oder überhaupt beabsichtigte einzubrechen, ließ sich hinterher nicht mehr mit völliger Sicherheit feststellen, denn Onkel Sam blies ihm das Lebenslicht aus. Das Opfer war ein Weißer. Onkel Sam kennt keine Rassenschranken. Er schießt auf alles, was sich nächtlicherweise in und um seinen Laden bewegt, nach dem Motto: Des Nachts sind alle Menschen gleich.

Grundsätzlich hatte Onkel Sam das Recht auf seiner Seite, denn ein Einbrecher galt in Johannesburg immer als tödliche Bedrohung und ein Schuss auf ihn als Notwehr. Im Fall des jungen Krüger jedoch lagen die Dinge komplizierter. Der Junge befand sich nämlich gar nicht im Haus, sondern auf der Straße, als Harry Sam ihm von innen her durch den Hals schoss. Die Kugel zerriss die Gurgel und beide Halsschlagadern. Dr. Dennis Kemp, oberster Chief-District-Arzt von Johannesburg und Professor für Medizin an der Witwatersrand University, sagte vor Gericht, dass er den Erschossenen untersucht habe. Dabei sei er zu der Feststellung gelangt, dass die Gewehrkugel beim Aufprall keinen normalen Flug zurückgelegt habe, sondern unmittelbar vor dem Gesicht des Jungen abgefeuert worden sei.

Ein fünfundzwanzigjähriger Freund von Benjamin Krüger gab zu Protokoll, dass er mit Krüger auf dem Nachhauseweg gewesen sei. Als sie an dem Café vorbeikamen, sei ein großer Hund aus dem Laden gestürzt. Er sei davongelaufen, und Sekunden später sei ein Schuss gefallen. Als er umkehrte, sah er den Freund vor der Eingangstür auf der Straße liegen.

Onkel Sam erzählte der Polizei, die beiden hätten versucht, bei ihm einzubrechen. Daraufhin wurde der Freund des Erschossenen – er hieß Adrian van der Heever – wegen versuchten Einbruchs verhaftet, später jedoch wegen Mangels an Beweisen wieder entlassen. Damit wurde zugegeben, dass die Tatsache des Einbruchs nicht feststand.

Ein halbes Jahr später bekam Onkel Sam eine Vorladung vom Supreme Court. Die Mutter des erschossenen Jungen forderte fünfzigtausend Mark Schadensersatz als Entgelt für den Fortfall der Unterstützung durch ihren Sohn. Onkel Sam fand die Summe, für die er auf einer Luxussafari mindestens zehn Elefanten hätte totschießen können, zu hoch und nahm sich einen guten Anwalt. Die Forderung der Mutter wurde abgelehnt. Der Richter, Mr. Justice Boshoff, erklärte Onkel Sam für unschuldig. Er habe den Jungen zwar getötet, aber nicht auf gesetzwidrige Weise *(not unlawful)*. Außerdem habe der Erschossene so wenig verdient, dass von einem Wegfall der Unterstützung für die Mutter nicht die Rede sein könne.

So makaber die ganze Geschichte an sich schon ist, völlig zu einer Gruselgeschichte wird sie aber erst durch das nachfolgende Geschehen:

Am Donnerstag, dem 10. Juni, demselben Tag, an dem das Gericht Onkel Sam von der Zahlung und allen Makeln befreit hatte, betrat ein Schwarzer den Laden in Braamfontein und verlangte Butter. Wegen einer vorübergehenden Butterknappheit konnte Sam ihm das Gewünschte nicht geben. Der Schwarze fühlte sich beleidigt, sprang über den Ladentisch und schnappte sich ein Messer. Es kam zu einem Zweikampf, bei dem Onkel Sam zwei Finger verlor; einer wurde ihm abgeschnitten und einer beim Ringkampf so zerbissen, dass er noch am gleichen Tag amputiert werden musste.

Ein Johannesburger Börsenmakler, der den Laden kurz nach dem Kampf betrat, sagte vor Journalisten, dass der Laden über und über voll Blut gewesen war. Mr. Sam habe kreidebleich mit drei Polizisten gesprochen. Sein Hemd sei blutverschmiert gewesen und habe aus der Hose gehangen. Auf dem Fußboden habe ein Schwarzer in seinem Blut gelegen.

Die Zeitungen schrieben: Bleibt nur zu hoffen, dass man Onkel Sam nicht den Revolverfinger abgeschnitten hat, mit dem er den Abzugbügel seiner Großwildbüchse durchzudrücken pflegt, sonst muss er sich in Zukunft eine andere Methode einfallen lassen, um seine nächtliche Kundschaft ins Jenseits zu befördern.

Es wurde still um Old Sam. Der Respekt, den er sich erschossen hatte, war so nachhaltig, dass viele die Straßenseite wechselten, wenn ihr Weg sie an dem Laden vorbeiführte. Dann standen sie auf der anderen Seite der Fahrbahn und blickten mit ehrfürchtigem Schrecken auf die Schießbude des dreifingrigen Revolverhelden.

Ein Jahr verging. In Transvaal blühten wieder die Yakarandabäume; da geriet die schaurige Moritat noch einmal in die Schlagzeilen.

Einem indischen Gemüsehändler in der Nachbarschaft war aufgefallen, dass Onkel Sams Geschäft seit Wochen geschlossen war.

»Vielleicht ist er verreist«, meinte die Frau des Inders.

Als aber Ende Oktober der Laden immer noch wie tot dalag, benachrichtigte der Gemüsehändler die Polizei. Der bot sich ein entsetzlicher Anblick. In der Stube über dem Café lag eine menschliche Leiche. Die Verwesung war bereits so weit fortgeschritten, dass der Tote nur noch anhand seines Gebisses und der fehlenden Finger identifiziert werden konnte. In der gegenüberliegenden Ecke des Raums fand man die sterblichen Überreste des Hundes. Die umgestürzten Gegenstände und der blutige Teppich wiesen darauf hin, dass ein Kampf stattgefunden hatte, ein Kampf mit einem Gegner, der dieses Mal stärker war als Onkel Sam und sein Hund.

Rätselhaft erschien jedoch, dass alle Türen und Fenster von innen fest verriegelt waren. Nirgendwo fand sich eine zerbrochene Scheibe oder ein gewaltsam geöffnetes Schloss. Mit wem hatten Onkel Sam und sein Hund gekämpft? Er hielt noch den Revolver in der Hand, hatte damit sogar geschossen, wie die Einschläge der Projektile in der tapezierten Wand bezeugten. Die wildesten Mordtheorien wurden aufgestellt, aber sie hielten alle einer näheren Untersuchung nicht stand. Am Ende hieß es: Onkel Sam hat einen Schlaganfall erlitten. Es war nicht sein erster. Dieses

Mal aber konnte er sich nicht mehr aus eigener Kraft erheben. Den sicheren Tod vor Augen hat er den Hund mitgenommen, um ihm den Hungertod in dem verlassenen Haus zu ersparen. Und in der Tat steckte eine Revolverkugel in dem Hund.

»Er war das einzige Geschöpf, das Sam geliebt hat«, sagten die Nachbarn. »Die zwei waren unzertrennlich.«

Mir ließ der Tod des Revolverhelden keine Ruhe. Einer wie Onkel Sam stirbt nicht mit einem Schießeisen in der Hand am Schlaganfall. Hatte nicht vorher ein Kampf stattgefunden? Und das Blut auf dem Teppich? Hundeblut, hieß es im Polizeibericht. Als Herausgeber einer Zeitung hatte ich Gelegenheit, die Untersuchungsakten einzusehen.

Ich zog eigene Erkundigungen ein, denn ich war überzeugt, dass Onkel Sam einem Racheakt zum Opfer gefallen war. Stand nicht schon in der Bibel: Wer zum Schwert greift, wird durch das Schwert umkommen. Und dort stand auch: Auge um Auge; Zahn um Zahn. Ich besorgte mir die Liste der elf Männer, die Sam erschossen hatte, und begann mit dem spektakulärsten Fall, mit der Tötung des jungen Krüger. Dazu wollte ich den Freund des Erschossenen aufsuchen, fand aber seine Adresse weder im Telefonbuch noch in den Gerichtsakten. Doch dort stand, dass er als Laborant im Veterinary Research Centre Pretoria arbeitete.

Die tiermedizinische Forschungsanstalt lag in einer blühenden Parklandschaft. Der Rasen vor dem Eingangsportal wirkte so gepflegt wie ein frisch ausgelegter Veloursteppich.

Adrian van der Heever erwartete mich in seinem Arbeitszimmer, einem kleinen Büro neben dem Hauptlaboratorium. Er bot mir einen Stuhl an und meinte: »Ich dachte, der Fall sei abgeschlossen.« Ich nannte ihm den Namen meiner Zeitschrift und erklärte, dass wir nach dem Tod von Onkel Sam einen zusammenfassenden Bericht bringen wollten. »Was halten Sie von dem mysteriösen Fall?«, fragte ich ihn.

»Es hat mich gefreut, dass der Teufel ihn geholt hat. Und nicht nur ihn, sondern auch diesen verdammten Köter, der die ganze Schlächterei ausgelöst hat. Ein widerliches Vieh, ein Killer wie sein Herr.«

Ich stellte mit Erstaunen fest, dass sein Hass auf den Hund nicht minder groß war als auf den Todesschützen.

Als wir über seinen toten Freund sprachen, sagte er: »Ich habe ihn wie meinen kleinen Bruder geliebt. Wir sind zusammen groß geworden, auf einer Farm in Südwest. Unsere Mütter waren Cousinen.«

Als ich meinem englischen Mitarbeiter in der Redaktion von dem Gespräch berichtete, fragte der: »Woran arbeitet dieser Bursche eigentlich in der Forschungsanstalt?«

»Wir haben nicht über seine Tätigkeit gesprochen.

Aber ich glaube, sie experimentieren mit Kaninchen. Während unserer Unterhaltung hatte ich Zeit, die Bücherrücken zu studieren, die hinter ihm im Regal standen. Die meisten handelten von Rabies.«

»Rabies, bist du sicher?«

»Ja.«

»Rabies sind aber keine Kaninchen«, belehrte mich mein Mitarbeiter. »Kaninchen heißen im Englischen Rabbits.«

»Und was sind Rabies?«

Er sagte es mir, und schlagartig wusste ich, wie Onkel Sam zum Teufel geschickt worden war. Ich sah das Geschehen vor mir, als sei ich dabei gewesen. Es war wie in einem Film:

Van der Heever betritt den Laden in Braamfontein. Er kauft eine Schachtel Zigaretten und lässt dabei etwas fallen, ein Stück Braten oder Wurst, auf jeden Fall etwas, das Hunden gut schmeckt. Die Zeitbombe ist gelegt. Van Heever weiß aufgrund seiner Studien, wann sie losgehen wird. Er kann warten.

Bildwechsel: Die gute Stube über dem Laden etliche Tage später.

»Askari, was hast du bloß?«

Lang ausgestreckt liegt das mächtige Tier auf dem Teppich. Die Augen rot unterlaufen. Schaum quillt aus seinem Maul.

»Wenn es dir bis morgen nicht besser geht, fahren wir zum Tierarzt.« Der Alte kniet neben seinem

Hund. Seine Hand fährt streichelnd über das stumpfe Fell. Das Hecheln wird immer heftiger. Die Lefzen heben sich, entblößen die Eckzähne.

Der Angriff kommt plötzlich und unerwartet.

»Askari, was soll das? Bist du… Au! Lass mich los!«

Blut spritzt. Ein Zweikampf auf Leben und Tod beginnt, bei dem das Tier erschossen wird. Sein Herr verblutet.

Eine Katastrophe, festgelegt wie ein Computerprogramm, denn Rabies heißt auf Deutsch Tollwut.

Die Beichte

Als Don Canaletto, der Priester von San Fidele, am Tag der heiligen Philomena eine hölzerne Leiter bestieg, um die Spalierbirnen am Pfarrhaus zu ernten, muss sein Schutzengel für einen Augenblick wohl nicht aufgepasst haben. Als ihn die Haushälterin fand, lag er da, als sei er tot. Die alte Fanny Apprea stieß einen Schreckensschrei aus, bekreuzigte sich und rannte mit gerafftem Rock ins Haus, um per Telefon den Dottore Nervi herbeizurufen.

Der Verunglückte wurde ins Haus getragen und auf sein Bett gelegt, wo der Dottore ihn ausgiebig befühlte und abhörte. Am Ende stellte er fest: »Tot ist er nicht. Er hat sich auch nichts gebrochen. Vielleicht ist es eine Gehirnerschütterung. Er gehört ins Hospital.«

»Nein, kein Hospital«, flüsterte Don Canaletto, der in diesem Augenblick die Augen aufschlug. »Ich will einen Priester. Ruft Don Nerone, den Priester aus Arbieto.«

»Was soll das«, widersprach Dottore Nervi, der Priester am Krankenbett verabscheute. Die Letzte Ölung war für ihn, den Mediziner, das sichtbare Eingeständnis, versagt zu haben.

Die alte Apprea schlug die faltigen Hände vor ihr Gesicht: »Mein Gott, er stirbt. Don Nerone muss her, so schnell wie möglich.«

Der aber konnte nicht kommen, denn er war tags zuvor an der Prostata operiert worden. Der Zufall wollte es, dass sich an jenem Nachmittag der Bischof in Arbieto aufhielt. Und als der von dem Unglück hörte, das seinem Priester widerfahren war, machte er sich auf den Weg, um dem armen Don Canaletto während seines letzten Stündleins auf Erden beizustehen. So kam es, dass das vom Papst persönlich ernannte höchste Oberhaupt der Diözese sich dazu herabließ, die Schlafkammer seines untergebenen Berufskollegen aufzusuchen.

Es war so still in dem niedrigen Zimmer wie im Dom am Altar während der Verwandlung der Hostie in den wahren Leib Christi. Der Bischof hatte sich einen Schemel ans Bett geschoben. Da saß er breit und in sich selbst ruhend wie eine große, gutmütige Kröte. Mit hervorquellenden, altersmüden Augen blickte er auf Don Canaletto. Der lag da, als wäre er schon tot: die Hände auf der Brust gefaltet und den Blick starr zur Decke gerichtet, die Haut so weiß wie das Leinentuch seines Lagers.

»Kannst du mich hören?«, fragte der Bischof, nachdem er alle anderen aus dem Zimmer gewiesen hatte.

»Ja, ich höre Euch.«

»Hast du Schmerzen?«

»Nein.«

Die fleischige Hand mit dem Bischofsring tastete nach dem goldenen Kreuz, das auf der Brust des Kirchenfürsten leuchtete wie der Mond am nächtlichen Himmel.

»Bist du bereit für die Beichte, mein Sohn?«

Ein leichtes Kopfnicken des Gefallenen war die Antwort. Nach einer längeren Pause, in der nur das Ticken der Wanduhr zu vernehmen war, sagte Don Canaletto: »Ich habe Sünde auf mich geladen.«

»Wir sind allesamt Sünder. Erleichtere dein Herz.«

»*Mea culpa; mea maxima culpa*. Ich habe gesündigt, fleischlich.«

»Wir sind alle von Fleisch, vom Fleisch Adams. Wer so jung und so männlich ist wie du, mein Sohn, legt schon mal Hand an sich.«

»Ihr missversteht mich. Ich habe …« Don Canaletto suchte nach dem geeigneten Tätigkeitswort, »… *in conspectu feminae*.«

»Du meinst, du hast bei einem Weib gelegen?« Der Schreck in der Stimme war nicht zu überhören.

»Nicht bei einem …«

»Gott sei's gedankt«, unterbrach ihn der Bischof.

»Nicht bei einem, Eure Eminenz, sondern bei mehreren.«

»Bei einer mehrmals oder wirklich bei mehreren?«

»Bei mehreren, mehrmals.«

»Du meinst …« Das Entsetzen war dem Bischof ins Gesicht geschrieben. Welch verabscheuungswürdige Ekelhaftigkeit offenbarte sich da seinen Ohren!

»Wiederholte Unkeuschheit mit dem anderen Geschlecht ist nicht nur ein strafbarer Verstoß gegen den Zölibat, sondern, viel schlimmer, eine schwere Sünde! Ja, schämst du dich denn gar nicht? Fürchtest du nicht den Zorn Gottes?«

»Ich weiß nicht …«, sagte Don Canaletto.

»Du weißt es nicht?«

»Es geschah nicht aus Geilheit, sondern …«

»Sondern was?«

»Wie soll ich es Euch erklären?«

»Egal wie, aber du wirst es mir erklären.«

»Ja, gewiss.«

Der Priester hatte sich in seinen Kissen ein wenig aufgerichtet. Die peinliche Beichte und die Anwesenheit des Bischofs hatten ihn sichtlich erregt. Die Blässe seines Gesichts verwandelte sich mehr und mehr in hektische Röte. »Hört mich bitte an, und unterbrecht mich nicht.« Er versuchte seine Gedanken zu ordnen und begann:

»Ihr kennt gewiss den Giuseppe Vercelli, den Opernsänger. Wer kennt ihn nicht. Er ist mit mir zusammen in die Schule gegangen. Seine Gemahlin, die Marchesa Rosa, stammt von einem Weingut, dessen Verwalter mit meiner Mutter verwandt ist. Ich will damit sagen: Ich bin mit Giuseppe Vercelli vertraut, von Kindheit an. Wir sind Freunde.«

Don Canaletto hielt kurz inne und blickte dem Bischof ins Gesicht, wohl in Erwartung, dass dieses Bekenntnis Eindruck auf seinen Zuhörer machen würde. Aber als dort außer Strenge nichts dergleichen zu erkennen war, fuhr er fort:

»Giuseppe hat eine Geliebte.«

»Er hat was?«, fragte der Bischof, der glaubte, nicht recht verstanden zu haben.

»Eine Geliebte, die Sängerin Viola von Branca.«

»Ich denke, er ist verheiratet, mit einer Marchesa«, unterbrach ihn der Bischof.

»Ja, das stimmt, aber bei großen Künstlern ist halt alles ein wenig anders. Für sie gelten andere Maßstäbe, wenn ihr versteht, was ich meine.«

Der Bischof verstand nicht. Man sah es ihm an.

»Auch der König David im Alten Testament hatte über hundert Frauen, und die Päpste der Renaissance ...«

»Keine Ausflüchte. Bleib beim Thema.«

»Viola von Branca wollte ein Kind von ihrem Geliebten. Sie wusste, sie konnte ihn nicht heiraten, denn er hatte ja bereits eine Ehefrau. Aber ein Kind von ihm, das war ihr sehnlichster Wunsch, den er ihr auch gern erfüllt hätte. Aber sie bekamen kein Kind, wie innig sie sich auch liebten.«

»Na, Gott sei Dank«, meinte der Bischof.

»›Vielleicht kannst du keine Kinder bekommen‹, sagte die Viola am Ende. ›Ich? Wieso ich?‹, fragte Giuseppe. ›Es muss an dir liegen, denn ich habe ja bereits ein Kind mit meiner Frau.‹ ›Ich bin auch schon einmal schwanger gewesen und habe mein Kind im zweiten Monat verloren‹, gestand ihm die im Gegensatz zu ihm noch sehr junge Geliebte. Das war auch der Grund, weshalb Giuseppe einen Arzt aufsuchte, um sich seine Zeugungsfähigkeit amtsärztlich bescheinigen zu lassen. Wie konnte man an ihm, dem Heldentenor, zweifeln? Er war es gewohnt, in allem der Größte zu sein, kreativ bis ins letzte Glied, ein ganzer Mann!

Umso größer war seine Enttäuschung, als er erfuhr, dass er zeugungsunfähig war, und zwar von Geburt an. Das stürzte den Armen in tiefste Verzweiflung. Er suchte meinen Rat als Priester und als Freund. Ich durfte ihn nicht im Stich lassen. Denn es war ja nicht nur seine Zeugungsunfähigkeit, die ihn bedrückte, vielmehr quälte ihn der Gedanke: Von wem ist dann das Kind, das mir meine Frau geboren hat? Er trug sich allen Ernstes mit dem Gedanken, sich scheiden zu lassen.«

»Mein Gott, was für entsetzliche Zustände«, meinte der Bischof und schüttelte seinen kahlen Kopf. »Aber was hat das mit dir zu tun? Komm endlich zur Sache! Mich interessieren hier nicht die Verfehlungen deiner Freunde. Du sollst deine Seele entlasten.« Der Bischof sprach mit väterlich milder Stimme, aber die Unmutsfalte auf seiner Stirn war nicht zu übersehen.

»Meister Giuseppe Vercelli«, begann Don Canaletto erneut.

»Vergiss diesen Sänger! Sprich endlich von dir!«

»Ich rede die ganze Zeit von mir.«

»So, so«, sagte der Bischof. Seine blassen Finger betasteten nervös das goldene Kreuz. Ganz offensichtlich stand es doch schlimmer um den armen Don Canaletto, als es den Anschein hatte.

»Darf ich weitermachen, Euer Ehren?«

»Sprich, mein Sohn.«

»Der Maestro war wirklich sehr verzweifelt. Für einen Heldentenor wie ihn war es schon schlimm genug, wenn er plötzlich ohne seine Virilität dastand, aber auch noch hinnehmen zu müssen, dass seine Gattin mit einem anderen einen Sohn, seinen Sohn, gezeugt hatte – das war zu viel für ihn. Er beschloss, sich zu entleiben. Sterben wollte er wie Othello mit dem Dolch in der Brust. Der Mohr von Venedig war seine Paraderolle. ›Vielleicht‹, so tröstete ich den Freund, ›bist du nur vorübergehend unfruchtbar. Die Ärzte sagen, dein Same sei nicht zeugungsfähig. Das lässt sich wissenschaftlich nachweisen. Aber woher wollen sie wissen, dass das schon immer so war? Vielleicht handelt es sich ja nur um eine vorübergehende Schwäche. Und wenn das so ist, so kannst du sie auch zurückgewinnen.‹

›Gewinnen, aber wie?‹

›Zum Beispiel durch eine Wallfahrt zur schwarzen Madonna von San Sebastiano. Es gibt nichts Besseres bei Fruchtbarkeitsproblemen. Und was hast du schon zu verlieren‹, so versuchte ich seine Sorgen zu verscheuchen. Er wollte nicht. Erst als ich die Rede auf den Pilgerchor und den Tannhäuser brachte, den er sehr liebte, war er bereit, nach San Sebastiano zu gehen. Er pilgerte zur schwarzen Madonna, und die Viola von Branca wurde schwanger.«

»Ein Wunder«, sagte der Bischof.

»Es war wunderbar, aber es war kein Wunder«, widersprach Don Canaletto. »Der Maestro war hoffnungslos unfruchtbar, von Geburt an. Daran vermochte auch die Muttergottes nichts zu ändern. Es gibt keine Auferstehung des Fleisches. Nur der Geist vermag sich lebendig zu erheben. Und ich habe geholfen, ihn wieder aufzurichten.«

»Aber wie ist diese Person, diese …«

»Viola von Branca.«

»Ja, diese Viola, wie ist sie dann schwanger geworden?«

»Seht Ihr, Euer Ehren, hier beginnt jetzt meine Beichte.«

Der Bischof betrachtete seinen Hirten, das kräftige Kinn voller Bartstoppeln: »Du hast …?«

»Ja, ich habe. Was blieb mir anderes übrig? Heiligt nicht der Zweck die Mittel? So habe ich es bei Ignatius von Loyola gelesen. Ohne mein Eingreifen wäre alles verloren gewesen. Die Opera di Bel Canto hätte einen ihrer Größten verloren. Gibt es schlimmeren Mord als Selbstmord? Am meisten aber zählt, dass ich seine Ehe gerettet habe. Sie wäre am Misstrauen des alten Tenors zerbrochen. Er hatte sich bereits die Adresse eines Gentestlabors besorgt. Und die hätten ihm natürlich bestätigt, dass das Kind nicht von ihm ist. Und dann …«

»Was macht dich so sicher, dass es nicht von ihm ist?«, wollte der Bischof wissen. »Ist das etwa auch ein Teil deiner ganz persönlichen Beichte? Hast du auch seiner Gattin …«

Und als Don Canaletto errötend mit dem Kopf nickte, schlug der Bischof vor Entsetzen seine fleischige Hand vor den Mund.

»Glaubt mir, Euer Ehren, das alles geschah nur aus Nächstenliebe. Ich habe sie alle vor Unglück und Elend bewahrt: den Maestro, seine Gemahlin, die Geliebte und den Sohn des Maestro, dem das Schicksal des Scheidungskindes erspart bleibt. Ich habe ihnen ihren Glauben zurückgegeben, den Glauben an sich selbst und an die heilige Mutter Kirche. Der Maestro schwört auf die schwarze Madonna von San Sebastiano, und mit der Geldspende seiner Gattin können wir endlich den wurmzerfressenen Glockenstuhl im Campanile restaurieren. Ich habe Segen gespendet, nicht nur mit Worten. Ein guter Hirte kümmert sich auch um das Fleisch seiner ihm anvertrauten Schafe.«

»Aber du kannst doch nicht für andere die Kinder zeugen.«

»Auch Marias Gatte war nicht der Vater seines Sohnes. Manchmal geht es halt nicht anders. Bisweilen muss gesündigt werden, damit Gutes geschehen kann.«

Zeitreise

Als Autor erhalte ich Post von Verlagsleuten, Lesern, Buchhändlern, Bibliothekarinnen, von Bittstellern und von Jungautoren, die mir ihre Manuskripte zur Beurteilung schicken. Ich beantworte sie alle, wenn auch nicht immer sofort, da ich häufig auf Reisen bin. So auch neulich, als ich nach längerer Abwesenheit aus Neuseeland heimkehrte und ein Wäschekorb voll Briefe auf mich wartete, darunter auch der folgende, sieben Seiten lang, sorgfältig gefaltet, mit der Hand geschrieben in blassblauer Tinte. Dem Schriftbild nach zu urteilen, war der Verfasser noch sehr jung. Der Text begann ohne Anrede und lautete:

»Die meisten Menschen denken bei Zeitreisen an eine technische Apparatur, in die man sich hineinbegibt, um dann auf wunderbare Weise in die Vergangenheit oder Zukunft transferiert zu werden. Science-fiction-Bücher und futuristische Filme schwelgen in diesem Thema. Leider nur ein Traum!

Aber beginnt nicht aller Fortschritt mit einem Traum?

Jahrtausendelang hat die Menschheit davon geträumt zu fliegen. Theoretisch denkbar, aber technisch nicht machbar, sagten die, die das Wissen verwalteten. Und plötzlich erhob sich der Mensch in den Himmel, anfangs noch schwerfällig, aber schon bald schneller als der Schall bis hinauf zum Mond und noch weiter.

Wie verhält es sich mit der Zeitreise?

Auch sie ist theoretisch denkbar, denn seit Einstein betrachten wir die Zeit nicht mehr als unveränderliche Strömung, die nur in eine Richtung fließt. Zeit und Raum gelten als einheitliche Aspekte der vierdimensionalen Raumzeit, und danach wären Zukunft und Gegenwart möglicherweise austauschbar wie mathematische Größen.

John Archibald Wheeler, der den Begriff ›schwarze Löcher‹ als Erster verwendete, hat rechnerisch die Existenz eines gekrümmten Weltraums mit verbogener Zeit nachgewiesen, in denen es so genannte Wurmlöcher gibt, die Zeitsprünge zulassen. Leider sind diese Wurmlöcher kleiner als Atomkerne, und ihre Lebensdauer beträgt nur Mikrosekunden. Um in die Vergangenheit zu reisen, müsste man die Wurmlöcher billionenfach erweitern und stabilisieren, so sagen die Sciencefiction-Autoren.

Das ist ein Denkfehler. Man muss die Wurmlöcher nicht vergrößern, sondern die Zeitmaschine verkleinern. Natürlich kann in so einem atomaren Teilchen kein Mensch Platz nehmen. Warum auch?

Unsere Urenkel werden sich einmal darüber amüsieren, dass der Mensch des 20. Jahrhunderts den primitiven Drang verspürte, den Mond leibhaftig zu betreten, um dort eine Landesfahne aufzupflanzen, so wie weiland Kolumbus, als er den neuen Kontinent betrat. Die Zukunft gehört den unbemannten Raumsonden, die uns alles übermitteln, was wir von anderen Planeten wissen wollen. Und so wird es auch bei unseren Zeitreisen sein.

Der amerikanische Physiker F. F. Tippler errechnete eine andere Möglichkeit, durch die Zeit zu reisen. Seine Zeitmaschine ist ein riesiger zigarrenförmiger Torpedo aus ›überdichter Materie‹, ein Stoff, den es auf der Erde gar nicht gibt, sondern nur auf Neutronensternen, wo ein Kubikmillimeter Masse so viel wiegt wie ein ganzer Flugzeugträger. Außerdem muss das Ganze mindestens hundert Kilometer lang sein und so schnell rotieren, dass ein Punkt auf seiner Oberfläche die halbe Lichtgeschwindigkeit erreicht: lauter völlig unrealistische Voraussetzungen.

Was nützen alle mathematischen Beweise, wenn sie

sich nicht verwirklichen lassen, so sagte ich mir. Es muss völlig andere Wege geben, ganz und gar neue, die noch niemand in Erwägung gezogen hat.

Wenn man im Mittelalter die Weiterentwicklung der Beleuchtung den Kerzenmachern überlassen hätte, so gäbe es noch heute kein elektrisches Licht. Bisweilen muss man die ausgetretenen Pfade unserer klassischen Denkstrukturen verlassen, um Türen zu neuen Räumen zu öffnen.

In dieser Richtung bewegten sich meine Gedanken, als ich begann, mich mit dem Thema Zeitreise auseinander zu setzen.

Es lag nicht in meiner Absicht, neue Berechnungen aufzustellen, die zwar mathematisch richtig, aber praktisch völlig undurchführbar waren.

Ich stellte mir die Frage: Gibt es natürliche Formen von Zeitreisen, die es uns ermöglichen, direkt und live an Ereignissen teilzunehmen, die außerhalb unserer Zeit liegen? Ja, es gibt sie: Die meisten Sterne unseres Weltalls sind Lichtjahre von uns entfernt, das heißt, ihr Licht braucht mehrere Jahre, bis es uns erreicht. Vielleicht existiert der Himmelskörper, den wir jetzt sehen, schon längst nicht mehr. Wenn wir seine Explosion wahrnehmen, liegt seine Auslöschung um Lichtjahre zurück. Wir erleben live, was sich vor langer Zeit ereignet hat. Genau das aber erwarten wir von einer Zeitmaschine.

Unsere technisch-wissenschaftliche Zivilisation hat

immer den Kräften der Physik und der Mathematik ihre ganze Aufmerksamkeit geschenkt. Dabei wurde das Kraftpotenzial der Biologie sträflich vernachlässigt. Gibt es so etwas wie Zeitreisen in der belebten Natur?

Ja, es gibt sie, so musste ich feststellen. Jeder von uns erlebt sie am eigenen Leib während seiner vorgeburtlichen Reifephase. Wir erwachen zum Leben als Einzeller, ein Lebewesen, das vor Hunderten von Millionen Jahren in der Ursuppe der Frühschöpfung entstand. Danach werden wir zu Fischen, zu Amphibien und Reptilien. Wir sehen nicht nur so aus, sondern durchlaufen in allen körperlichen Details den gesamten Entwicklungsgang der lebendigen Schöpfung. Der menschliche Fötus hat ein zwei- und dreikammeriges Fisch- und Froschherz. Wir setzen Kiemen an und einen Schwanz, lauter Tierorgane, die sich bei unserem Flug durch die Schöpfungsgeschichte wieder zurückbilden, bevor wir als Menschlein das Licht der Erde erblicken. Welch eine Zeitreise durch Millionen von Jahren im Zeitraffer von neun Monaten! Das Ganze ereignet sich ohne Einmischung unserer Gehirne, ohne komplizierte Computerberechnungen und Hightech, völlig selbstständig im mütterlichen Leib. Die Gebärmutter – die größte Zeitmaschine aller Zeiten! Sie vermittelt uns Einblicke in unsere Vergangenheit, die uns nötigt, ›ewige Weisheiten‹ über Bord zu werfen. So galt zum Beispiel jahrtausendelang in der jüdischen wie in der christlichen Kirche: Gott hat erst Adam erschaffen und dann aus dessen Rippe die Frau. Die Bibel irrt, wie die Genforschung eindeutig zu beweisen vermag. Die männlichen Geschlechtsorgane bilden sich während der Schwangerschaft erst nach der Entwicklung der weiblichen. Wenn überhaupt ein einzelner Mensch am Anfang gestanden hat, dann war das eine Eva.

Die pränatale Transsubstantiation vom weiblichen zum männlichen Geschlecht hatte es mir besonders angetan. Das war die Stelle auf der großen Zeitreise vom Einzeller zum Menschen, wo sich der Einstieg am günstigsten gestaltete.

Bei ausgedehnterer Forschungsarbeit stieß ich auf den Zackenbarsch. Der Zackenbarsch, *Epinephelus marginatus*, ist ein glotzäugiger, gutmütiger Riffbewohner, der in wärmeren Meeren bis zu einen Meter lang wird. Im Alter von fünf Jahren wird er geschlechtsreif, und zwar immer als Weibchen. Später, mit ungefähr zwölf Jahren, findet eine Geschlechtsumwandlung zum Männchen statt. Die Lebensdauer kann dann noch vierzig bis fünfzig Jahre währen. Welch beneidenswerte Lebenseinteilung! Auf uns Menschen übertragen würde das bedeuten: Jeder von uns verbringt den ersten Lebensabschnitt als blutjunge, begehrenswerte Frau, avanciert dann, wenn sich die ersten Falten einstellen, zum kraftvollen Mann in den besten Jahren und beendet sein Dasein als weiser Alter wie ein Abt oder Universitätsprofessor.

Der Zackenbarsch bestätigt, was wir bereits von der vorgeburtlichen Entwicklung wissen: Das weibliche Geschlecht war zuerst da. Dieses Prinzip gilt für die ganze belebte Schöpfung. Ich sagte mir: keine Regel ohne Ausnahme. Und das gilt auch für die Natur. Ich musste lange suchen, aber am Ende fand ich sie in Gestalt des gestreiften Bababuja, eines Fisches, der lebendige Junge zur Welt bringt. Er wurde erst in unserem Jahrhundert auf Madagaskar entdeckt.

Bei ihm verläuft die vorgeburtliche Entwicklung genau entgegengesetzt. Der Fötus hat zunächst fast säugetierähnliche Ansätze und reift dann vom Reptil über die Amphibienphase zum Fisch. In der Natur gibt es bisweilen die aberwitzigsten Ausnahmen, wie bei den Seepferdchen, wo die Weibchen den Männchen die befruchteten Eier in einen Hautbeutel stecken. Dort wird der Nachwuchs dann von den Männchen ausgetragen, eine höchst ungewöhnliche Angelegenheit. Aber der entgegengesetzt verlaufende pränatale Reifeprozess der Bababuja erschien mir schon mehr als sensationell.

Ich experimentierte mit Bababuja-Keimzellen und stellte mit Erstaunen fest, dass meine damit behandelten Laborratten wesentlich langsamer alterten als ihre Artgenossen. Wenn ich sie sezierte, war nicht zu übersehen, dass sie sich organisch enorm verjüngt hatten. Ein altes Meerschweinchen, schon grauhaarig und hinkend, setzte sogar eine Thymusdrüse an, ein Organ, das nur Jungtieren gegeben ist und mit zunehmendem Alter wieder zurückgebildet wird.

Ich fühlte mich wie der deutsche Alchimist Johann Friedrich Böttger, der auf der Suche nach dem Stein der Weisen das Porzellan erfand. Ich hatte auf der Suche nach dem Geheimnis der Zeitreisen ein Verjüngungsmittel ohne Beispiel entdeckt.

Aber war das nicht auch eine Zeitreise zurück in die Vergangenheit?

Ich arbeitete mit einer Vielzahl von Versuchstieren, auch mit Affen, und verfeinerte mein Keimzellenelixier immer wirkungsvoller. Zu dem Zeitpunkt hatte ich gerade meinen siebzigsten Geburtstag gefeiert. Meine wenigen Kopfhaare waren weiß, die Haut faltig und welk. Kniegelenke und Lendenwirbel bereiteten mir mehr und mehr Schwierigkeiten.

Ich war bereit für den Selbstversuch.

Am Ostersonntag setzte ich mir die erste Injektion. Ich fühlte mich wie Faust vor der Phiole mit dem geheimnisvollen Saft.

Zunächst geschah gar nichts. Mir war eher kraftloser zumute als vorher. Doch dann innerhalb weniger Wochen beobachtete ich, dass meine Augenbrauen an Farbe gewannen. So wie vor zwanzig Jahren die ersten Härchen grau geworden waren, so wurden sie jetzt dunkler und dunkler. Die Altersflecken auf meinen

Handrücken verblassten, und auch meine Stirnfalten schienen nicht mehr so tief eingekerbt wie zuvor.

War es bloß die Freude über meine sichtbare Verjüngung, oder gewann ich wirklich meine verlorene Frische zurück? Auf jeden Fall ging es mir prächtig. Auffallend an meiner Verwandlung war vor allem, mit welcher Geschwindigkeit sie sich vollzog. Seit Beginn meines Selbstexperiments waren zehn Monate vergangen, und ich fühlte mich gut und gern um zwanzig Jahre jünger. Wenn sich das so weiter entwickelte, sagte ich mir, bist du nächstes Jahr dreißig. Und noch ein Jahr … Ich wagte den Satz nicht zu Ende zu denken.

Aber zunächst erfreute ich mich an meiner erwachenden Vitalität. Ich aß und trank mit großem Appetit die herrlichsten Dinge, auf die ich wegen meiner Altersdiabetes hatte lange verzichten müssen. Auch die Frauen übten wieder eine große Anziehungskraft auf mich aus. Es war eine Lust zu leben! Sorgen bereitete mir jedoch die Geschwindigkeit, mit der meine Verjüngung vor sich ging. Die hypertrophierte Zellwüchsigkeit erinnerte mich an die Progeria, eine Erbkrankheit, die bewirkt, dass die davon Befallenen mit Riesenschritten altern. Bereits im Kindesalter werden sie zu Greisen.

Mit solch großen Schritten nähere ich mich … ja wem, meiner Geburt, dem Ursprung allen Lebens? *Quo vadis, domine?*«

Hier endete das Schreiben.

Ich legte es aus der Hand, nahm es aber nach einiger Zeit wieder auf und las es noch einmal. Eine seltsame Anziehungskraft ging von diesen handgeschriebenen Zeilen aus. Ich spürte, das hier war kein Manuskript ohne Begleitbrief. Nein, das war ein Brief an mich, eine Botschaft oder gar ein Hilferuf?

Der Briefumschlag trug auf der Rückseite eine Absender-Adresse: K. Kirchner, Kinderdorf Feldafing.

Kinderdorf... ein Dumme-Jungen-Streich? Das Datum des Poststempels lag fast ein halbes Jahr zurück. Ich nahm mir vor, bei meiner nächsten Fahrt nach München in Feldafing vorbeizuschauen. Dort erfuhr ich dann, dass der kleine Kirchner nicht mehr im Kinderdorf sei.

»Ein hoch begabter Junge mit einer rätselhaften Krankheit. Dabei wirkte er kerngesund. Wachstumsstörungen. Wissen Sie, wie seine Mitschüler ihn nannten? Schrumpfi. Und es sah wirklich so aus, als würde er schrumpfen.«

»Und wo ist der Junge jetzt?«

»In Regensburg bei den Barmherzigen Schwestern.«

Ich fuhr noch am selben Tag dorthin. Er lag in einem Kinderbett. Ein prächtiger Säugling, pausbäckig, mit großen glänzenden Augen. Eine Schwester beugte sich über ihn, und der Kleine streckte seine Händchen ihrem Schoß entgegen, so als wollte er dort hineinkriechen, um seinen auf den Kopf gestellten Lebenslauf zu vollenden.

Ich hatte genug gesehen.

Seit jenem Nachmittag weiß ich: Zeitreisen in die Vergangenheit – es gibt sie, aber völlig anders, als unsere Sciencefiction-Autoren es sich erträumen.

Auftragsmord

Es gibt Menschen, die verbreiten Freude, wenn sie einen Raum betreten; andere, wenn sie ihn verlassen. Lutz Langmann gehörte zur letzteren Kategorie. Wenn er sich für längere Zeit in einem Zimmer aufhielt, ließen sogar die Topfpflanzen ihre Blätter hängen. Er lachte nur selten, und wenn doch, so wusste man nicht, ob er sich freute oder ob er einen eisernen Nagel durchbeißen wollte. Seine Erscheinung entsprach seiner Tätigkeit. Lutz Langmann war von Beruf Gerichtsvollzieher oder, richtiger: Er verdiente als solcher sein Geld. Das gerichtliche Pfänden garantierte ihm ein geregeltes Einkommen, Krankenversicherung und Altersversorgung. Berufen fühlte er sich jedoch zu Höherem. Sein Interesse galt dem Mord.

Warum töten Menschen? Aus Habgier und Hass, aus Eifersucht oder Rache. Andere töten, um einen krankhaften Trieb zu befriedigen. Das sind dann die Lustmörder oder die Totmacher in Uniform, die militärischen Massenmörder. Es gibt aber auch noch eine dritte Gruppe: die Sport- oder Sensationskiller, die sich und der ganzen Welt beweisen wollen, dass sie das perfekte Verbrechen beherrschen. Sie versetzen ihre Umwelt in Angst und Schrecken, genießen den Nervenkitzel des Jagens und Gejagtwerdens. Hass ist ihnen fremd, im Gegenteil: Sie lieben häufig ihre Opfer, wie der Wilderer, der nicht so sehr am Fleisch als vielmehr an der unerlaubten Jagd interessiert ist und nichts so sehr liebt, wie das Reh, dem er nachstellt.

Das Leben ist wertlos. Diese Einstellung teilte Lutz Langmann mit den meisten Mördern. Er vertrat die Meinung: Von hundert Menschen, die geboren werden, müssen ohne Ausnahme hundert wieder sterben. Das heißt im Klartext: Das Leben ist ein hundertprozentiges Verlustgeschäft. Wer würde in solch eine Scheißfirma auch nur einen Cent investieren.

Einer, der tötet, handelt ganz im Sinne der Natur, denn er führt nur aus, was die Natur sowieso schon eingeplant hat.

Und damit kommen wir endlich zur Sache: Lutz Langmann war ein bezahlter Killer, nebenberuflich, aber durchaus nicht amateurhaft. Seine Handynummer wurde so diskret weitergereicht wie die Adresse eines Edelpuffs mit Opiumangebot.

Wem immer ein Leben im Weg stand, der wählte die Telefonnummer von Lutz Langmann. Und wenn der sich bereit erklärte, sich mit seinem Auftraggeber zu treffen, so waren die Tage des Opfers gezählt. Der Arme war bei der ersten Anzahlung schon so gut wie tot. Das Honorar schwankte, je nachdem, ob es sich um ein großes Tier oder um einen kleinen Fisch handelte; und das nicht nur im übertragenen Sinn, denn Lutz Langmann war ein Tiertöter, nicht einer von der Sorte, die Tiere ihres Fleisches wegen schlachten oder aus Mitleid einschläfern. Er war auch kein Jäger oder Ungeziefervertilger. Er war ein echter Killer für bezahlten Auftragsmord an gefiederten und befellten Opfern, denn es gibt unter uns mindestens so viele Tierhasser wie Tierfreunde. Nichts ist so verlogen wie unsere Tierliebe.

Machen wir uns doch nichts vor: Wer will schon lebendige Tiere, wilde Tiere? Im Fernsehen – toll! Im Zoo – niedlich! Ausgestopft – sehr attraktiv! Aber leibhaftig im Wohnzimmer oder am Hals? Nein, danke! Ein Teddybär im Arm ist besser als ein Braunbär im Genick. Und die Mickymaus im Kinderzimmer ist uns lieber als Mäuse in der Speisekammer. Alles andere ist Heuchelei, so pflegte Lutz Langmann zu sagen. Und seine Auftraggeber dachten ähnlich. Tiere sind vor allem lästig. Sie bellen und krähen, stechen, kratzen und beißen oder stinken, haaren und pinkeln alles voll. »Ein Kerl, den alle Welt fürchtet und hasst, der muss wer sein.« Ein Satz von Goethe, den Lutz Langmann liebte. Wenn er nach erfülltem Auftrag vor der Mutter Gottes eine Opferkerze entzündete, fühlte er sich im Einklang mit seinem Schöpfer, der zu Adam gesagt hatte: Füllet die Erde und macht sie euch untertan. Und herrscht über die Fische und Vögel und alles Getier, das auf Erden kreucht. Lutz Langmann war ein strenger Herrscher. Sein erstes Opfer war ein Hahn, der eine Zahnärztin allmorgendlich aus dem Schlaf krähte. Und das schon seit einem Jahr, weil ihr Nachbar, dem das Tier gehörte, ein gewiefter Rechtsanwalt war, der in dem laufenden Prozess alle juristischen Tricks auszuspielen wusste.

»Es ist zum Aus-der-Haut-Fahren«, hatte die Ärztin gejammert. »Was mich dieser Prozess für Nerven und Geld kostet, ist unbeschreiblich!«

Lutz Langmann verstand ihre Aufregung nicht und meinte: »Wäre es nicht am einfachsten, dem Störenfried den Hals umzudrehen?«

»Darauf wartet dieser Rechtsverdreher doch nur. Der Verdacht würde sofort auf mich fallen. Und dann würde er mich erst recht ausnehmen. Außerdem wüsste ich gar nicht, wie ich so ein Tier umbringen sollte.«

Es war sein erster Auftrag. Er wurde gut bezahlt. Der Hahn starb, während die Zahnärztin sich nachweislich im Urlaub aufhielt. Alles wies darauf hin, dass er dem Marder zum Opfer gefallen war. Ein Ziegenbock, der unerträglichen Gestank verbreitete, kam als Nächster dran. Zwei Siamkatzen, die mit der Gattin das Bett teilten und auf die der Hausherr allergisch reagierte, wurden von einem Auto überfahren. Ein Froschteich in einem Villenviertel wurde durch einen Blitzschlag zum Schweigen gebracht: ein leichter Trick mit einem Stromkabel. Eine Riesenschlange verschwand auf Nimmerwiedersehen. Und dann war da noch das Reitpferd, um das beide Eheleute bei der Scheidung gekämpft hatten und das am Ende ihr zugesprochen wurde, obwohl er es angeschafft hatte. Es verstarb ganz plötzlich an Darmkolik. So sah es jedenfalls der herbeigerufene Tierarzt.

Mein Gott, was hatte er nicht alles beseitigt: Pfauen, die wunderschön aussehen, aber eine grässliche Stimme haben. Ihr Schrei geht durch Mark und Bein. Rennpferde, die die dumme Angewohnheit hatten, ständig zu gewinnen. Sie mussten aus Gründen der Parität verschwinden, damit auch die anderen mal eine Siegerchance bekamen. So etwas wurde dann natürlich besonders gut bezahlt. Aber es war nicht das Geld, das ihn reizte, sondern vor allem der Nervenkitzel, das Spiel mit dem Verbotenen. Wie ein von aller Welt gesuchter Schwerverbrecher kam er sich dann vor, ein Jack the Ripper. Dabei war er eigentlich ein Feigling. Er vergriff sich an Opfern, deren Tötung nur geringe Strafe nach sich zog. Wer ein Tier umbringt, braucht weder den elektrischen Stuhl noch lebenslange Gefängnisstrafe zu fürchten; denn Tiere sind vor dem Gesetz nur Sachen. Bisweilen übernahm er auch Großaufträge.

So gab es in Berlin einen Prozess der Vogelfreunde gegen die Katzenfreunde. Ein Katzenliebhaber hatte in einer öffentlichen Parkanlage regelmäßig die umherstreunenden Katzen gefüttert, was sich bei den Katzen sehr schnell herumsprach. Sie erschienen in Scharen. Der Verein für Vogelfreunde sah darin eine Gefährdung seiner gefiederten Schützlinge und verklagte den Mann, der sich hartnäckig weigerte, die Katzenspeisung einzustellen. Es kam zu einem Prozess, den der Mann gewann.

Die Katzen aber verschwanden über Nacht. Es war, als hätten sie sich in Luft aufgelöst. So viel Futter der Katzenfreund auch auslegte, nicht ein einziges Tier ließ sich mehr blicken. Wie Lutz Langmann das angestellt hatte, blieb sein Geheimnis.

Er war wie immer der Größte, bis zu jenem Tag, an dem er seinen letzten Auftrag übernahm, an einem Freitag, einem Freitag dem 13. Er hätte es wissen müssen.

Sein Auftraggeber, ein Bankdirektor a. D., fühlte sich in seinem Ruhestand so unerträglich gestört, dass er Lutz Langmann aufsuchte und ihn inständig um Beistand bat.

»Bitte befreien Sie mich von diesem widerwärtigen Vieh. Ich kann Ihnen gar nicht sagen, wie sehr mich diese Ausgeburt der Hölle anekelt. Ratten – gibt es grauslicheres Getier! Sie haben die Menschheit mit der Pest verseucht und werden seit ewigen Zeiten mit Fallen und Gift bekämpft. Aber meine Frau – sie hatte schon immer einen abscheulichen Geschmack – liebt eine Ratte, eine weiße mit roten Augen und nacktem Schwanz. Können Sie sich das vorstellen? Diese Ratte hockt bei ihr auf dem Schoß und lässt sich kraulen wie ein Kätzchen. Ekelhaft, einfach ekelhaft! Sie muss weg! Ich möchte, dass Sie das erledigen. Aber es darf weiß Gott nicht so aussehen, als hätte ich etwas damit zu tun. Sie liebt ihre Adelheid und weiß, wie sehr ich dieses Vieh verabscheue. Es muss wie ein Unfall oder natürliches Ableben aussehen. Und damit auch nicht der leiseste Verdacht aufkommt, dass ich etwas damit zu tun habe, sollten sie Adelheid während unserer Abwesenheit erledigen.«

Lutz Langmann erfuhr, dass sein Klient mit Gattin den nächsten Monat in ihrer Finca auf Mallorca verbringen würde. Während dieser Zeit lebte die Ratte im Untergeschoss ihrer Berliner Villa. Sie konnte sich dort in einem hellen Raum frei bewegen. Futter gab es angeblich in Hülle und Fülle: Nüsse und Müsli aus dem Reformhaus, sogar luftgetrocknete Würstchen.

»Ich gebe Ihnen den Schlüssel«, sagte der Bankdirektor. »Der Keller hat einen Zugang vom Garten her. Er ist leicht zu finden. Ich überlasse es Ihnen, wie sie Adelheid beseitigen. Aber wie gesagt, es muss so aussehen, als sei sie ohne Fremdeinwirkung gestorben. Und denken Sie daran, sie läuft frei umher. Käfig wäre Quälerei, sagt meine Frau.«

Ein paar Tage später öffnete Lutz Langmann die Kellertür. Seine Armbanduhr zeigte zwölf Uhr zehn. Um diese Zeit standen die Hausfrauen der umliegenden Häuser in der Küche am Herd. Es schüttete in Strömen. Niemand hatte seinen Einstieg bemerkt. Dessen war er sich ganz sicher. Als sich seine Augen an das Halbdunkel gewöhnt hatten, sah er sie. Sie hockte auf einem Schemel und starrte ihn mit bösen Knopfaugen an. Dabei entblößte sie ihre gelben Rattenzähne. Die Warnung war unverkennbar: Komm mir bloß nicht zu nahe!

Das hatte er auch nicht vor. Er öffnete seinen Handwerkskoffer und holte ein paar dünne Stangen hervor, die er zusammenschraubte. Am Ende hielt er so etwas wie eine Angelrute in den Händen. Ein Gerät, das er entwickelt hatte, um damit tödliche Stromstöße auszuteilen. Er suchte und fand eine Steckdose, an die er seinen Donnerkeil – wie er das nannte – anschloss. Dann nahm er in einem Korbsessel Platz, reglos und still, damit die Ratte Zeit fand, sich an ihn zu gewöhnen.

Während er dasaß, hatte er Muße, sich umzublicken. Ein weiß getünchter Raum mit einem Tisch, zwei Stühlen und einer Sitzbank. An der Wand ein paar verblasste Plakate: Palmen am Strand und schneebedeckte Berge. Unter dem Fenster plätscherte ein Aquarium. An der gegenüberliegenden Wand stand ein Regal mit Futternäpfen. Nicht weit davon befand sich ein Katzenklo. Auf einer eisernen Tür gegenüber dem Eingang las er LUFTSCHUTZ-KELLER.

Die Regentropfen trommelten gegen die Fensterscheibe. Die Zeit verrann. Die Ratte schien sich an seine Gegenwart gewöhnt zu haben. Sie kratzte sich hinter den Ohren, leckte sich die Pfoten, sprang vom Hocker und wagte sich Stück für Stück näher heran.

»Na komm schon, Adelheid. Tot sein tut nicht weh. Das Nahen des Todes, das ist es, wovor uns graut. Aber davon hat ein blödes Vieh wie du keine Ahnung.«

Er ließ sie auf Armeslänge herankommen, erst dann griff er nach der Rute. Vorsichtig bewegte er sie in Richtung auf die Ratte zu. Bevor er sie erreichte, sprang die mit einem Hopser beiseite. »Na warte, Mädchen, du entkommst mir nicht.« Er hatte Zeit. Wer einen Fisch fangen will, braucht Geduld. Die Ratte schien ohne Furcht zu sein. Sie leckte sich das weiße Fell, trank von dem Aquariumswasser. Aber jedes Mal, wenn er die Rute nach ihr ausstreckte, ergriff sie in letzter Sekunde die Flucht, als wüsste sie, was ihr da drohte.

Ich könnte sie ja auch vergiften, dachte Lutz Langmann, aber das wäre leicht nachzuprüfen. Und Pfuscharbeit lieferte er nicht. Beim sechsten oder siebten Versuch berührte er aus Versehen den Steinboden. Es gab einen funkenstiebenden Schlag, und die Deckenleuchte erlosch.

Verdammt! Die Sicherung ist rausgeflogen. Wo befindet sich hier der Elektrokasten? Er entdeckte keinen.

Langmann öffnete die Tür zum Luftschutzkeller, um dort nach ihm zu suchen, da sprang ihm die Ratte über die Füße und verschwand in dem angrenzenden Raum.

Verfluchtes Vieh!

Langmann holte die Taschenlampe aus seinem Köfferchen und leuchtete in den Luftschutzkeller. Ein fensterloses, finsteres Loch, drei mal drei Meter, blanker Beton, unmöbliert. Keine Spur von einem Elektrokasten. Aber da saß diese blöde Ratte im Schein seiner Taschenlampe. Er klatschte in die Hände, um sie nach draußen zu jagen. Dabei stieß er mit dem Ellbogen gegen die Tür. Die bewegte sich und fiel scheppernd ins Schloss. Als Langmann sie wieder öffnen wollte, stellte er fest, dass sie keinen Türgriff besaß. Ein kleines viereckiges Loch zeigte an, wo die Klinke einst gesteckt hatte. Wahrscheinlich wurde der Raum seit langem nicht mehr benutzt. Lutz Langmann war gefangen, gefangen in einem fensterlosen

Bunker mit Betonwänden und einer Stahltür. Niemand würde ihn hören, so laut er auch schrie. Keiner würde nach ihm suchen. Frühestens in vier Wochen kamen die Besitzer des Hauses aus dem Urlaub zurück. Und bis dahin war er mit dieser verdammten Ratte auf engstem Raum eingesperrt. Schon jetzt war er durstig. Noch brannte die Taschenlampe, aber die Batterie würde in wenigen Stunden ihren Geist aufgeben. Die Finsternis in diesem fensterlosen Loch war total. Schlafen, dachte er. Schlafen ist fast so gut wie tot sein. Aber da war diese Ratte, die alles daran setzen würde, ihn anzuknabbern, bevor sie verschmachtete. Ich muss sie erschlagen, solange die Lampe noch brennt. Aber womit? Er zog sich einen Schuh vom Fuß und kroch auf die Ratte zu. Die hockte in der gegenüberliegenden Ecke und erwartete ihn mit gefletschten Zähnen. Er fasste den Schuh fester, holte zum tödlichen Schlag aus … Da verlosch das Licht.

Wie hatte er zu der Ratte gesagt: Tot sein tut nicht weh. Das Nahen des Todes – das ist es, was uns mit Grauen erfüllt.

Ein Gott will ich sein

Sie hieß Faustina. Ihr Leitspruch lautete: Du bist nicht arm, weil deine Träume sich nicht erfüllen. Arm ist, wer nicht träumt.

Spätestens auf der Uni wurde ihr bewusst: Das Gehirn ist ein Irrweg. Es gibt Erkenntnisse, die wahrhaftiger sind als unser Denken. Die Natur ist erfüllt davon, aber wir nehmen dieses Wissen nicht mehr wahr, weil der Verstand uns den Blick dafür verstellt. Da wären zum Beispiel die Pflanzen, von denen Goethe sagt, sie seien traumhaft mit der Natur verwoben. Sie haben kein Gehirn, können weder sehen noch hören, und trotzdem sind sie in der Lage zu empfinden, zu erkennen, zu kommunizieren und zu handeln. In Afrika heimische Akazienarten etwa senden einen

Duftstoff aus, wenn sie von größeren Antilopenherden angeknabbert werden. Die dadurch gewarnten Pflanzen erzeugen daraufhin binnen weniger Minuten große Mengen von hochgiftigem Tannin in ihren Blättern. Sollten die Tiere dennoch von den nun bitter schmeckenden Blättern fressen, so sterben sie an Leberversagen.

Und wenn im Herbst in einem Laubwald alle Bäume gleichzeitig die Blätter fallen lassen, ist das auch kein Zufall: Die Bäume haben das im wahrsten Sinne des Wortes miteinander abgesprochen.

Faustina von Bülow hatte im Laufe der Jahre ein feines Gespür für diese Zusammenhänge entwickelt. Sie wusste – nicht hirnmäßig, sondern somnambul –, dass ein Wald nicht bloß eine Summe von Bäumen war, sondern eine organische Einheit, alle miteinander verbunden durch das unterirdische Wurzelgeflecht. Wenn an einer Ecke des Forstes Bäume geschlagen wurden, so erfuhren es alle. Aber selbst die so genannte tote Materie war empfindungsfähig. Welche Kraft ging von einem Kristall aus und welch erregende Wollust von einem Steinbruch, wenn das Gestein aufgebrochen und aus seiner Starre befreit wurde. Das alles waren Erkenntnisse des wachen Empfindens. Inzwischen war Faustina von Bülow aber bis in die Erlebniswelt des Schlafes vorgedrungen. Wachen und Schlafen waren miteinander verbunden wie die zwei Seiten einer Münze. Jeder von uns lebt in zwei Welten, einmal im Wachzustand und zum anderen im Schlaf. Über Ersteren wissen wir sehr viel, über den Letzteren so gut wie gar nichts, weil er verstandesmäßig nicht erfassbar ist. Denn der Verstand ist ausgeschaltet, wenn wir schlafen.

Wie ist es möglich, hatte sie sich gefragt, dass uns so abwegige Dinge wie Lichtjahre entfernte Sonnen interessieren, nicht aber die andere, bewusstseinslose Seite unseres Daseins, die viele für eine Art unproduktive Ohnmacht halten. Sehr zu Unrecht. Der weitaus größte Teil unserer Existenz ist unabhängig vom Wachbewusstsein. Unsere Atmung, der Blutkreislauf, die Verdauung, alle Heilprozesse, die gesamte Regeneration, einschließlich der Schwangerschaft, das alles geschieht ohne unseren wachen Verstand, vom Unterbewusstsein ganz zu schweigen. Goethe sah im Schlaf den Normalzustand. Wir sind keine wachen Wesen, die im Schlaf erholungssuchend untertauchen. Wir sind ein Teil der schlummernden, vegetativen Urnatur und streben nur stundenweise hinauf in das helle Licht des Bewusstseins. Das Wachsein ist der Ausnahme-, der Schlaf unser Normalzustand.

An dem Punkt der Erkenntnis angelangt, gab es für Faustina von Bülow nur noch ein Thema: die dem Bewusstsein abgewandte Seite unserer Existenz. Dabei eröffneten sich ihr völlig neue Einsichten, die sie im Lauf ihrer Studien immer mehr verfeinerte. Sie erlebte die Zeit nicht als einen gleichmäßig dahinfließenden Strom, sondern als vierte Dimension, in der man umherschweifen konnte wie in einem übergeordneten Raum.

Allerdings war es ein erschreckend dunkler Raum, eine grenzenlose Bewusstseinsebene voller Düsternis und Grauen, bei deren Eintauchen ihr jedes Mal die Worte Schillers in den Sinn kamen:

Der Mensch versuche die Götter nicht.
Und er begehre nimmer zu schauen,
Was sie gnädig verdecken mit Nacht und Grauen.

Sie befasste sich ausgiebig mit der Religion der Hindus, in deren Leben das Prana eine wichtige Rolle spielt. Prana ist eine Energieform, die nicht dem Verstand unterliegt, sondern der Atmung. Mit Hilfe dieser Kraft vermag man über glühende Kohlen zu laufen, ohne sich zu verbrennen. Der Jogi ist in der Lage, Dinge zu vollbringen, die sich naturwissenschaftlich nicht erklären lassen. Danach studierte sie die geheimen Schriften der alten Chinesen, die davon überzeugt waren, jeder Mensch sei ein Kraftwerk, in dem Lebensenergie erzeugt werde, die zwischen der Einzelpersönlichkeit und der Natur energiemäßige Zusammenhänge schaffe. Paracelsus glaubte, dass es eine Vitalenergie gebe, die er Munis nannte. Helmont, der Entdecker der Kohlensäure, vertrat hundert Jahre später die Meinung, dass es eine Vitalenergie gebe, die den Willen eines Menschen über große Entfernungen hinweg beeinflussen könne.

Faustina von Bülow erkannte immer deutlicher, dass die alten Kulturen nicht nur die Fähigkeit der Telepathie besaßen, sondern auch die Gabe der Telekinese, die Fähigkeit, einen Gegenstand mit Hilfe gedanklicher Kräfte zu bewegen.

So wie die Alchimisten des Mittelalters nach dem Stein der Weisen gesucht hatten, so suchte sie nach der Munis, dem Prana, der Vitalenergie. Sie experimentierte mit Sonnenblumensamen, Bohnenkeimen, ungeborenen Mäusen, Kröteneiern und Kaulquappen, mit allem Lebendigen voller Keimkraft. Dazu gehörte auch Blut.

Blut ist ein ganz besonderer Saft, so steht es im *Faust*. Wie Recht Goethe wieder einmal hatte. Faustina befasste sich nun mit Stigmatisierungen, mit der gedanklichen Übertragung von Christi Wundmalen.

Am Ostermontag gelang es ihr zum ersten Mal, einen Gegenstand durch Gedankenübertragung mehrere Meter weit zu bewegen. Es war kein Zufall, dass dieser Gegenstand ein Ei war. Sie verfeinerte die Methode und erkannte, dass sich bei der Telekinese Gegenstände nicht nur räumlich, sondern auch zeitlich bewegen lassen. Das heißt, es war durchaus möglich, einen Gegenstand aus unserem Jahrhundert in ein vergangenes zu expedieren. Die Zeitmaschine war kein Hirngespinst.

Zeitweilig verlor sie sich zu sehr im abstrakten Denken und musste sich selbst zur Ordnung rufen: Das Gehirn ist ein Umweg. Denken heißt: mit kranken Augen sehen.

Dann gab sie sich ihren Meditationen hin, verschmolz mit dem Prana ihres Atems, sammelte die Kraft, die sie brauchte, um ihr Werk zu vollenden. Wie alle genialen Neuerer wurde sie von Zweifeln geplagt, stellte ihre Erkenntnisse in Frage. Dann sagte sie sich: Wer hätte vor ein paar Jahrhunderten geglaubt, dass der Mensch einmal fliegen könnte, schneller als der Schall, bis zum Mond und zurück? Wer hätte es für möglich gehalten, dass in dem kleinsten Teilchen der Materie, dem Atom, eine Energie steckt, stärker als alle Pferdekräfte auf Erden? Wer hätte sich vorstellen können, dass jedermann ein Handy bei sich trägt, mit dem er mit jedem Menschen an jedem Ort der Erde jederzeit sprechen kann? Die Welt ist voller Wunder. Und der geringste Teil davon hat sich unserem Bewusstsein offenbart.

Die Depressionen wechselten mit hybrishaften Hochgefühlen. Dann empfand sie sich als Eingeweihte, als Halbgott, der haushoch über den klassischen Wissenschaften stand.

Während eines nächtlichen Sommergewitters, bei dem energetische Voraussetzungen geschaffen wurden, die für gewöhnlich nicht gegeben waren, führte sie ihr letztes und erfolgreichstes Experiment durch.

Zu der Zeit befasste sie sich mit der Unsterblichkeit. Leben basierte auf Stoffwechsel, das heißt auf Energie. War nicht alle Energie unvergänglich? Sie hatte ihre gesamte Vitalenergie und sämtliche somnambule Erkenntnis auf dieses Ziel gerichtet. Sowohl das transsubstantiationsbereite Blut von jungen Stierkälbern als auch die Keimkraftgeneratoren aus Bambussprösslingen waren in jener Nacht von ungewöhnlich hoher Qualität.

Auf dem Höhepunkt des Gewitters spürte sie die sich in ihr vollziehenden Veränderungen mit wehenhafter Qual. Schmetterlingen muss während der Hystolyse so zumute sein, bei der Verwandlung von der Raupe zum Falter. Ihr war, als glitte sie aus der Zeit. Sie erlebte die Kraft aller Samen und Keime, aller Föten und befruchteten Vogeleier. Was für ein Flug durch die Zeit!

Welch ein Gefühl! Ein Gott will ich sein.

Und da stand sie in einem Raum, der ihr fremd war, umgeben von Menschen, die sie nicht kannte, barfüßig mit einer Dornenkrone im Haar. Und ein Mann, der aussah wie ein Römer, zeigte auf sie und sagte: »Ich kann an diesem Menschen keine Schuld finden. Wenn ihr ihn kreuzigen wollt, so kreuzigt ihn. Ich wasche meine Hände in Unschuld.«

Ruhe sanft

Adolf Auerbach pflegte scherzend, aber nicht ohne Stolz zu sagen: »Ich habe fast viertausend Leute unter mir.« Denn er war der Chef und hauptamtliche Verwalter des Städtischen Friedhofs von Fischbach.

Rückblickend auf die lange Geschichte der Stadt waren es natürlich viel mehr Tote, aber von denen ruhten derzeitig 3888 in ihren amtlich registrierten Gräbern und Grüften. Akademiker, Industrielle und Adelige, die den alten Auerbach zu Lebzeiten nicht in ihr Haus geladen hätten, waren nun bei ihm zu Gast, mussten darauf vertrauen, dass er alles tat, damit sie in Frieden und Würde ruhen konnten.

Und das war gar nicht so einfach, zum Beispiel wegen der Wildkaninchen. Sie fraßen den Toten die

Blumen von den Gräbern und verschmähten selbst die Lorbeerkränze nicht. Das Schlimmste an diesem langohrigen Ungeziefer aber war, dass sie sich zwischen den Gräbern ihre unterirdischen Bauten buddelten, von denen man nie wusste, wie weit sie in die Erde hinabreichten. Die Vorstellung, dass sie bei der toten Tante Trude oder beim Opa endeten, war schon mehr als beunruhigend.

Auerbach hasste die Hasen. Sie waren nicht nur schamlos gefräßig, sondern noch schamloser fruchtbar. Wann immer man sie zu sehen bekam, hockten sie aufeinander und rammelten wie die Nähmaschinen, als wollten sie sagen: Dieses blühende Paradies hier gehört nicht dem Tod, sondern der Liebe und dem Leben.

Legte man Gift aus, bekam man Ärger mit den tierliebenden Witwen. Und da auch an Schießen auf dem Friedhof nicht zu denken war, ließ Auerbach bei Nacht Schlagfallen aufstellen, die den Hasen das Genick brachen oder ihnen die Pfoten einklemmten. Dann schallte ihr Wehklagen so schauerlich über das Gräberfeld wie mitternächtlicher Geisterspuk.

Auerbach hatte kein Verhältnis zum anderen Geschlecht, wenigstens kein erotisches. Amors Pfeile hatten ihn nie getroffen. Er hatte viele Frauen begraben, aber nicht eine beglückt. Liebe spielte in seinem Leben die gleiche Rolle wie Licht im Leben der Maulwürfe. Liebespaare erschienen ihm so lästig wie

Wildkaninchen, weil sie bei Einbruch der Dunkelheit in den zur Nachtzeit geschlossenen Friedhof eindrangen, um ungeniert mit den Hasen um die Wette zu rammeln. Morgens klebten dann die Kondome an den Grabsteinen.

Adolf Auerbach liebte seine Arbeitsstätte. Seine Schutzbefohlenen waren friedvolle Mitmenschen, die das Zeitliche gesegnet hatten. Eine Aura von Würde umgab sie allesamt. Niemand wagte es, in ihrer Gegenwart laut zu sprechen oder gar zu lärmen. Eine innere Scheu hält jeden Friedhofsbesucher davon ab, über einen Toten schlecht zu reden – Respekt, den man nur wenigen Lebenden entgegenbringt.

Der Job war krisenfest. Gestorben wurde immer. Im Gegenteil, je schlechter die Zeiten, umso mehr Todesfälle und Begräbnisse.

Diese beneidenswerte Idylle endete genau zwei Tage nach Christi Himmelfahrt. An jenem Tag oder, richtiger, jener Nacht geschah es, dass die älteste Tochter des Bürgermeisters mit ihrem linken Fuß in die Karnickelfalle geriet, die Auerbach hinter der Aussegnungshalle aufgestellt hatte. Zu allem Unglück befand sie sich auch noch in Begleitung des jungen Kaplans von der Johanniskirche, der die Schlagfalle nicht zu öffnen vermochte, weil er wie die meisten Pfaffen Hände hatte, die sich besser zum Segnen als zum Zupacken eigneten. Feuerwehr und Notarzt mussten gerufen werden. Die Verletzung war dank der festen Damenstiefel nur leichter Natur; umso größer fiel der moralische Flurschaden aus. Denn jeder fragte sich natürlich: Was macht die Tochter unseres Bürgermeisters mit einem katholischen Kaplan auf dem zur Nacht verschlossenen Friedhof? Dass sie dort nicht die Beichte abgelegt hatte, war allen klar. Aber was hatte sie sonst noch abgelegt?

Aufgehetzt durch die Stadtverwaltung und die Kirche, die alles taten, um die blamable Rolle ihres Bürgermeisters beziehungsweise Priesters herunterzuspielen, richtete sich schon bald aller Zorn gegen den armen alten Adolf Auerbach, der – so hieß es im Kirchenblatt – aus dem Friedhof ein Minenfeld gemacht hatte. »So ein Taliban gehört fristlos entlassen«, forderte die Lokalzeitung. »Einsperren sollte man ihn!«

Dazu kam es natürlich nicht. Auerbach wurde im Hinblick darauf, dass er im kommenden Jahr sein sechstes Lebensjahrzehnt erreichen würde, in den Vorruhestand geschickt, und zwar mit sofortiger Wirkung. Der Herr der Gräber fühlte sich wie Kaiser Napoleon nach der verlorenen Schlacht von Waterloo: über Nacht seines hohen Amtes und all seiner Untertanen beraubt, für die er wie ein Landesvater Verantwortung getragen hatte.

Mit gesenktem Haupt ging er von Grab zu Grab, um sich von jedem Einzelnen zu verabschieden.

Angesichts seiner plötzlichen Pensionierung wurde er sich seiner Sterblichkeit bewusst. Als lebendiges Oberhaupt eines Heers von Dahingeschiedenen fühlt man sich gewaltig potent.

Nun war ihm so elend wie nie zuvor zumute. Er suchte einen Arzt auf und erfuhr, dass es nicht gut um ihn stand. Das angekündigte baldige Ableben veränderte sein Weltbild, in dem es nur zwei Arten von Menschen gegeben hatte: lebendige und tote. Mit einem Mal gab es eine dritte Gruppe im Grenzbereich zwischen beiden: die Noch-Lebenden oder Noch-nicht-Toten.

Der Tod, bisher eine rein berufsmäßige Angelegenheit, hatte von seinem Privatleben Besitz ergriffen. Es erging ihm wie einem Waffenhändler, der sein ganzes Leben mit Munition gehandelt hat und sich am Ende selbst einen Bauchschuss einfängt.

Der Friedhof war nicht mehr derselbe. Am Tag zuvor noch ein blühendes Paradies, in dem Auerbach wie der liebe Gott waltete, wurde er über Nacht zum offenen Grab, das ihn erwartete, kalt und finster.

Was für ein grauenhafter Ort war doch dieser Totenacker, auf dem die Verstorbenen kompostiert wurden wie Abfall. Wie hatte er hier nur die besten Jahre seines Lebens verbringen können? Wie hatte er an diesem albernen Spektakel bloß teilnehmen können? Verlogen bis zum Gehtnichtmehr. Ob wirklich jemand glaubte, die tote Oma würde sich über die teuren Blumen freuen, die ihr die Enkelkinder aufs Grab legen? Kaninchenfutter! Alles nur Kaninchenfutter!

Am Ende schloss er sogar die Friedhofshasen in sein Herz. Sie verkörperten das wahrhaftige Leben zwischen all dem verlogenen Getue vom ewigen Schlaf.

Nein, auf dem Friedhof wollte er nicht enden. Wer will schon an seinem Arbeitsplatz beerdigt werden? Welcher Wurstfabrikant möchte im Schlachthof zur letzten Ruhe gebettet werden? Verbrennen sollten sie ihn und ins Meer streuen. Seinem Nachfolger – wer das wohl war? – würde er sich nicht ausliefern und auch nicht den Ärzten, die ihn an ihren Schläuchen aufhängen würden wie eine Marionette. Er wollte sein Ende selbstständig, ordentlich und gut verwalten, so wie seinen Arbeitsplatz, der unter ihm geblüht hatte wie die Bundesgartenschau.

Aber wie beendet man sein Dasein? Es ist schon schwer genug, Leben zu erhalten. Wie aber wird man es auf humane Art los?

Sich vor einen Zug werfen, von der Brücke springen, aufhängen oder erschießen kam für ihn nicht in Frage. Die natürlich Entschlafenen sahen schon schlimm genug aus, bevor sie mit viel Schminke für ihre Abschiedsvorstellung aufgemöbelt wurden. Mit Grauen dachte er an die Selbstmörder, die er mit offenen Mündern, verdrehten Augäpfeln und aufgedunsenen Hälsen in die Särge gelegt hatte.

Als er wieder einmal mit seinem alten Opel liegen blieb, weil die Benzinuhr versagt hatte, glaubte er die Lösung gefunden zu haben. Er sagte sich: Wenn ein Auto keinen Sprit mehr kriegt, bleibt es stehen, ohne deformiert zu werden. Es bleibt einfach stehen. Nicht anders wird es sein, wenn mein Körper kein Futter mehr kriegt.

Am Samstagmorgen begann er mit seiner Entleibung.

Nachts träumte er von Schweinsbraten, Knödeln und schäumendem Bier. Bei Tage knabberte er an seinen Fingernägeln und rauchte wie ein Fabrikschlot. Zwei Tage hielt er durch. Dann trieben der Hunger und noch mehr der Durst ihn in die nächste Kneipe. Nein, zum Verhungern war er nicht geschaffen.

In einer Illustrierten las er, dass der Mensch nur kurze Zeit ohne Schlaf zu leben vermag. Das war die Lösung! Er schlief sowieso ziemlich schlecht. Also wach bleiben bis zum Wegtreten. Er besorgte sich mehrere Dutzend spannende Videos, kochte kannenweise starken Kaffee und lief, um sich wach zu halten, im Zimmer auf und ab wie ein Tiger in seinem Käfig. Zwei Nächte hielt er durch. Dann übermannte ihn der Schlaf, während er auf dem Klo saß.

Als Nächstes versuchte er es mit Wärmeentzug. Er trank eine Flasche Doppelkorn leer, setzte sich zur Nacht nackt auf seinen Balkon, in der Hoffnung, am anderen Morgen erfroren zu sein. Stattdessen holte er sich eine Erkältung, die ihn eine ganze Woche ans Bett fesselte.

Bei einem Besuch im Haus seines besten Freundes entdeckte er auf dessen Toilette zwischen anderen Medikamenten eine Schachtel, die seine Aufmerksamkeit erregte. Er las auf der Verpackung, dass es sich um ein verschreibungspflichtiges Schlafmittel von allerhöchster Wirksamkeit handelte.

»Nur nach Rücksprache mit Ihrem Arzt! Nie mehr als eine Tablette zur Nacht!«, stand da in fett gedruckten Lettern.

Ohne Skrupel ließ er die Schachtel in seiner Jackentasche verschwinden. Der Freund war Apotheker und konnte sich das Medikament jederzeit neu beschaffen.

Noch am selben Abend nach Rückkehr in seine Wohnung nahm Auerbach ein Wannenbad, zog sich seinen besten Schlafanzug an, machte es sich bei leiser Mozartmusik auf dem Sofa bequem und spülte die ganze Packung der Schlaftabletten mit rotem Burgunder hinunter, Pille für Pille.

Dann legte er sich mit geschlossenen Augen zurück und erwartete den Einlass in die Ewigkeit. Eine halbe Stunde lang geschah gar nichts. Da waren nur das ängstliche Klopfen seines Herzens und das Rauschen in seinen Ohren, das immer kräftiger anschwoll, so als erwachte der Wind im Laub der Bäume. War es das Blut in seinen Schläfen, oder war das bereits der Flügelschlag der Engel? Die Gegenstände des Raums verschwammen in wasserblauem Licht, so als sähe er sie durch eine Sonnenbrille mit bläulich gefärbtem Glas. Schwerelos schwebte er jenseits von Zeit und Raum auf watteweißen Wolken.

War er schon tot, oder lebte er noch? Mehr mit Erstaunen als mit Erschrecken nahm er zur Kenntnis, dass die Totenstarre bereits eingesetzt hatte. Es war ein angenehmes Gefühl, sehr angenehm. Eine phallische Versteifung, die sich aus der Mitte seines Leibes ausbreitete wie eine gewaltige Erektion. Eine erotische Verzückung, wie sie ihm seit seinen Jünglingsjahren nicht mehr widerfahren war. Mein Gott, dachte er, wenn ich gewusst hätte, dass Sterben so schön ist, wäre ich schon viel früher gestorben.

Leuchtraketen explodierten in seinem Kopf. Ein wahres Jahrtausendfeuerwerk! Alle gehabten und erträumten Orgasmen seines Lebens schienen sich noch einmal in einer gewaltigen Ejakulation zu entladen.

Welch eine Lust zu sterben!

Als er erwachte, hielt eine Krankenschwester seine Hand.

»Es geht schon wieder bergauf mit ihm«, sagte sie zu jemandem, der auf der anderen Seite seines Bettes stand. Auerbach erkannte seinen Freund, den Apotheker. Der sagte: »Mann, Adolf, was machst du bloß für Sachen. Sie mussten dir den Magen auspumpen. Warum hast du nicht mit mir darüber gesprochen?«

Was gibt es da schon zu besprechen, wenn sich einer das Leben nehmen will, dachte Auerbach. Er versuchte seine Gedanken zu ordnen.

»Warum hast du bloß alle auf einmal genommen?«, fragte der Freund. »Eine Einzige hätte doch genügt.«

»Was sollte ich mit einer? Glaubst du wirklich, ich hätte die Schlaftabletten genommen, um besser schlafen zu können?«

»Schlaftabletten ... was für Schlaftabletten?«

»Na die, die ich in deinem Badezimmer gefunden habe.«

»In meinem Badezimmer ...?« Der Freund wiederholte die Worte, als habe er nicht recht verstanden. Doch dann hellten sich seine Gesichtszüge auf: »Ach du meine Güte«, entfuhr es ihm. Ein verschmitztes Grinsen machte sich auf seinem Gesicht breit. »Weißt du, was in der Packung mit der Aufschrift ›Schlaftabletten‹ war? Viagra.«

»Wieso Viagra?«

»Ich bewahre sie darin auf. Ich muss ja nicht jedem Besucher meiner Toilette auf die Nase binden, dass ich Potenzprobleme habe.«

Adolf Auerbach aber gewann eine völlig neue Einstellung zum Tod: Kasteie deinen Körper nicht, sondern tue ihm Gutes, Gutes bis zum Gehtnichtmehr.

Die meisten Dinge, die wirklich Spaß machen, sind ungesund.

Er sagte sich: In meinem Alter darf ich vieles nicht mehr essen: Cholesterin, Blutzucker, Harnsäure, Übergewicht, Gallensteine, Arterienverkalkung. Mit dem Trinken verhält es sich nicht anders. Alkohol schädigt die Gehirnzellen und die Leber. Rauchen verstopft die Adern, teert die Lungen. Lauter Bedrohungen, die Gesundheitsbewusste belasten. Sie müssen sich Insulin spritzen, bittere Medizin schlucken, müssen joggen, turnen und fasten. Er aber konnte essen, worauf er Appetit hatte, konnte trinken, was und wie viel er wollte, die schwersten Rotweine, die hochprozentigsten Schnäpse. Rauchen wollte er aus voller Lunge. Beim Autofahren sagte er sich: Vergiss die Geschwindigkeitsbegrenzungen! Rase wie ein Rennfahrer! Genieße das Leben auf der Überholspur!

Nur einmal kam ihm der Gedanke: Wer soll das bezahlen?

Doch auch diesen Einwand wischte er lächelnd beiseite: Überziehe dein Konto, so weit wie möglich! Je mehr Schulden du hast, umso mehr Menschen werden aufrichtig deinen Tod beklagen.

Es dauerte eine ganze Weile, bis Adolf Auerbach sich an seine neue Freiheit gewöhnte. Doch dann holte er alles nach, was er auf seinem Friedhof versäumt hatte. Er erfreute sich an Rinderfilets und selbst gesuchten Waldpilzen, ohne Angst vor BSE und Pilzvergiftung. Er badete im Rhein, wurde Stammgast in einem Eros-Center und schlief dank Viagra mit allen Frauen, die er kriegen konnte.

Er genoss sein Finale. Kein Mensch ist so frei wie einer, der mit dem Leben abgeschlossen hat.

Lebenslänglich

Es war einmal, so beginnen die meisten Märchen. Diese Geschichte sollte mit dem Satz beginnen: Es wird einmal sein, denn sie spielt in der Zukunft. Zum Frühlingsanfang des Jahres 2555. An diesem Tag geht während der Abendnachrichten folgender Gerichtsreport über die Fernsehbildschirme:

In den Vereinigten Staaten von Europa am Fuß der bayerischen Alpen ist ein Verbrechen von unglaublicher Brutalität aufgedeckt worden, ein Fall von im wahrsten Sinne des Wortes bestialischem Kannibalismus. Ein vermutlich schwachsinniger Bergbauer namens Alois Hinterhuber hat ein Kalb getötet, um es sich wie ein Raubtier einzuverleiben. Er soll, so heißt es in dem Polizeibericht, das Tierchen erst mit einem

Schlag auf den Kopf betäubt haben, um ihm dann mit einem scharfen Messer die Halsschlagader zu durchtrennen. Nach der Ermordung des armen Kuhkindes verfiel er in einen wahren Blutrausch. Er riss dem noch warmen Tierkind die befellte Haut vom Leib und zersäbelte es in einzelne Teile. Es sträuben sich dem Berichterstatter die Haare bei der Beschreibung des grausigen Hergangs. So soll dieser völlig entmenschte »Unhold« dem Tier die Augen ausgestochen haben, um aus dem Kalbskopf eine wabbelige Masse zu kochen, die er »Sülze« nannte. Es heißt – pfui Teufel! –, er habe dem Tier die Gedärme entleert, die er dann mit zermanschtem Fleisch und Leber füllte, eine Schweinerei, welche er in seinem Geständnis mit »Leberwurst« bezeichnete. Diesen Namen und die Anleitung für den Tiermord will er einem alten Buch aus dem Atomzeitalter entnommen haben. Es besteht der Verdacht, dass dieser Unmensch noch weitere Tiere auf dem Gewissen hat. Grabungen der Ortspolizei auf dem Gelände des Berghofes haben Knochen von ermordeten Gänsen und Ziegen zu Tage befördert.

Der Fall Alois Hinterhuber beweist wieder einmal, welch gefährlichen Einfluss Bücher aus barbarischen Zeiten auf charakterlich schwache Menschen ausüben können. Kochbücher aus dem Schlachtzeitalter gehören nicht in Kinderhände und schon gar nicht in die Hände von Schwachsinnigen.

Wie gefährlich solche alten Schriften sind, zeigt auch der traurige Fall der holländischen Hilfsarbeiterin Lina van der Merwe, von der wir an dieser Stelle in der vergangenen Woche berichteten.

Anstatt, wie es sich gehört, ihr Kind mit einem Kaiserschnitt zur Welt zu bringen und dann der Obhut der staatlichen Kinderaufzucht zu überlassen, hatte sie das Kind aus ihrem Leib herausgepresst, so wie man seinen Darm entleert. Verführt von der Lektüre eines vierhundert Jahre alten Liebesromans wollte sie ihr Kind allein aufziehen, wie das die Menschen in der Frühzeit unserer Geschichte taten, als man für das Lenken eines Autos zwar eine Ausbildung nebst Fahrerlaubnis brauchte, aber jeder Dummkopf ohne Ausbildung und Befähigungsnachweis Kinder großziehen konnte, aus denen dann alle, die gewissenlosen Wissenschaftler und Gewaltpolitiker wurden, die unsere Erde fast ruiniert hätten. Wir erwähnen dieses Sittlichkeitsverbrechen der Holländerin deshalb noch einmal, weil nun zwischen ihm und dem Lustmord des Bayern eine interessante forensische Beziehung hergestellt wurde. Der Richter hat – wie wir meinen – ein salomonisches Urteil gefällt. Beide Gesetzesbrecher wurden zu lebenslänglichem Zusammenleben an gleichem Tisch und Bett unter einem Dach verurteilt: »Bis dass der Tod euch scheidet!«

Diese Aneinanderkettung zweier Menschen auf

Gedeih und Verderb beruht auf einem grausamen Ritual des Schlachtzeitalters, das man »Ehe« nannte. Eine verdammt harte, aber gerechte Strafe für einen Massenmörder und eine Sittlichkeitsverbrecherin.

Aber sie haben nichts Besseres verdient.